海天译丛

卡利尔

Khalil

Yasmina Khadra

［法］雅斯米纳·卡黛哈 / 著

邓颖平 / 译

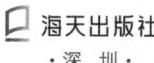

海天出版社

·深圳·

图书在版编目（CIP）数据

卡利尔 ／（法）雅斯米纳·卡黛哈著 ；邓颖平译.
—— 深圳 ：海天出版社，2019.3
　　（海天译丛）
　　ISBN 978-7-5507-2593-5

　　Ⅰ．①卡… Ⅱ．①雅… ②邓… Ⅲ．①长篇小说－法
国－现代 Ⅳ．①I565.45

中国版本图书馆CIP数据核字(2018)第303298号

版权登记号　图字：19-2018-098号
Khalil
by Yasmina Khadra
© Editions Julliard, Paris, 2018
Current Chinese translation rights arranged through Divas
International, Paris 迪法国际版权代理.

卡利尔
KALIER

出　品　人　聂雄前
责　任　编　辑　胡小跃　李　尧　戚乐也
责　任　校　对　林凌珠
责　任　技　编　梁立新
封　面　设　计　知行格致

出版发行　海天出版社
地　　　址　深圳市彩田南路海天综合大厦（518033）
网　　　址　www.htph.com.cn
订　购　电　话　0755-83460239（邮购）　83460397（批发）
设　计　制　作　深圳市龙瀚文化传播有限公司 0755-33133493
印　　　刷　深圳市华信图文印务有限公司
开　　　本　889mm×1194mm　1/32
印　　　张　7.25
字　　　数　150千
版　　　次　2019年3月第1版
印　　　次　2019年3月第1次
定　　　价　38.00元

要想达到永生，并不一定要
成为英雄或者天才，种下一棵树
即可。

目 录

第一部

阿巴比勒之鸟[①]

我要揭起你的衣襟蒙在你脸上，
显出你的丑陋。

——《耶利米书》第13章，第26节

---

① 阿巴比勒之鸟是《古兰经》第105章《象》中的一种神
鸟。阿巴比勒（Ababil）是对这种神鸟的阿拉伯语名字
的音译。

1

　　巴黎，光明之城。

　　那里的一盏路灯熄灭，全世界都会置身黑暗。

　　我们四个是敢死队队员，任务是把沉浸在节庆气氛里的法兰西体育场变成全球瞩目的葬礼现场。

　　汽车飞驰在高速路上。我们几个挤在车里，谁也不说话。有两个我不认识的兄弟，一个坐在司机阿里旁边，另一个与我和德里斯坐在后排。

　　之前，坐在前排的兄弟往车载音响里放了一张碟，我们只能听教长萨阿德·加米蒂诵经。他的声音非常动人，好像有一种魔力，我从来没见过比这位学者更优秀的诵经者。他的嗓子是一道歌唱的彩虹，不是普通的声带。我觉得我们都感动得热泪盈眶，可能开车的阿里除外，他好像有点紧张。

我望着车窗外的乡村，想放松一下，利耶的声音却不断提醒我遵守纪律："你想变得跟莫卡一样吗？"

莫卡是莫伦贝克①出了名的二傻，六十岁的人还像个夜夜游荡的小镇男孩。他总是穿着别满了徽章的皮夹克和膝盖处磨得稀烂的牛仔裤，坚信年龄改变不了他。他最大的乐趣就是每天在缪斯公园跟一群小屁孩讲当年放荡不羁的生活，全然没想到这群孩子是在消遣他。

谁都不想变成莫卡，成天醉醺醺的，眼神迷离，脑子里一团糨糊。

"看看你身后，告诉我你看到了什么。"那天，我们在土耳其烤肉店啃三明治，扭头往后看了一眼，利耶嘴角淌着三明治的酱汁，生气地骂我"笨蛋"，"我指月亮给你看，你却看我的手指。我说的是你的过去。你除了把日子过得一团糟还干了什么？什么也没有。在你身后，除了风，什么也没有。五岁的时候，你就开始在街上转悠。十年过去了，你还在原地踏步。你从来都没跳出**起点格**②，一步都不敢往外迈……你知道那些不敢主动去追、只会苦苦等待的可怜虫最后都怎么样了吗？他们白活一场，站着

---

① 莫伦贝克，比利时首都布鲁塞尔市下辖的一个区，该区常住人口有10余万人，居民失业率超过30%。2016年3月以来，巴黎恐袭案的主要嫌疑人萨拉赫及多名涉嫌布鲁塞尔恐怖袭击事件的嫌疑人相继在莫伦贝克被抓。

② 大富翁等桌游的起点格。

生蛆。"

当时，利耶还是个毛头小伙，既不信上帝，也不信真主。对他来说，宗教就像那些让大脑突然短路的数学方程式，你只会把它们抄到本子上，却不知道是什么意思。他就是个心中苦闷的十七岁小伙，空有十根手指，却不知道用来做什么，除了用十指握拳揍附近小区的男孩，或者对某位好奇心太重的保安比中指。

他对我们心怀不满，恨我们这群街头小混混对未来漠不关心，毫无期待。其实，他自己也不清楚想让我们干点什么，但看我们整天围着莫卡这个老家伙，他就来气。

也许是不想再惹恼利耶，我和德里斯不再和穿皮夹克的老头来往。对我们来说，这是证明自己长大了的一种方法。莫卡还是那副老顽童的模样，其他无所事事的小孩取代了我们。我们向利耶示好，可他还在生我们的气。他就像个古板的兄长，总是挑我们的毛病。他有心理问题，父亲几次考虑过把他送进精神病院。

不过，这些都是往事。穿上长袍、染红胡子，利耶找到了自己的路，还成了埃米尔①，英勇的战斗首领。他

① 埃米尔（emir）、谢赫（Cheikh）、伊玛目（imam）是阿拉伯语中常见的贵族头衔。谢赫是用途较为广泛的一种尊称，可以理解为"长者"，但在一些国家也特指王室成员；伊玛目是伊斯兰教宗教人士，往往供职于清真寺。在某些组织里，这三种称呼并无上下级之区分，只是内部的尊称。

现在说话有条有理，充满智慧，而且只要求别人做力所能及的事。当他提高声调，我就会把他唇齿间涌出的指令当成甘露，一饮而尽。他让我感受到内心深处无以言表的美好，让我变成一个大彻大悟的人。以前的狗日子，我把它裹到抹布里，扔进下水沟。我的过往一点都不重要。最好的我将出现在这条向前延伸的路的尽头。我感到如此惬意，仿佛坐上了飞毯。

阿里可以闭着眼睛开车，不用地图，也不用导航，他以前是出租车司机。

他十分谨慎，在没有确认地砖下面是否有炸弹之前，他绝不会冒险踩上去。为了将来能分散警方的注意力，他在网上发了个拼车广告。四个想拼车的人给他打了电话后，他就关闭手机。要是发生意外，手机上的记录可以向调查人员证明为了节省油费，他经常提供拼车服务，另外，他也没有资格去翻拼车人的包。

阿里并不是我们的朋友，我和他一起干过三次"买卖"。他沉默寡言，所以我连他的住址和真名都不知道，只知道他被吊销出租车执照后，接替冒冒失失的拉姆丹去拉黑活儿。有时他也为战争出力，从布鲁塞尔开车到阿利坎特①再开回来，车轮子里藏几公斤大麻。利耶偶尔让他

---

① 阿利坎特，西班牙位于地中海的重要港口城市。

送一两个兄弟出征打"圣战"，或者去法国、荷兰的偏僻小镇接一两个从叙利亚回来的兄弟……

阿里并不是为了事业卖命，只是靠这个挣钱。要是让我选，我宁愿往左手啐七口唾沫，也不愿跟他并行在街上。不过，这个混蛋的优势也挺明显的——他很神秘，做事有条理，效率高，而且没有案底。

我从来没去过巴黎。其实，我的姨母就住在巴黎。我家和她家并不亲近。有几个夏天，我们偶尔在老家那边碰上，除此之外，就再也没见过了。我妈觉得她姐姐把我们当成乡巴佬，其实她是嫉妒。姨母过得很好，她家住在塞纳河边的一个高档小区里，虽然很早就开始守寡，但她把两个女儿培养成了医生和建筑师，把儿子培养成了银行家。而我的孪生姐姐扎哈结婚几个月就被老公休了，大姐姐耶扎在离家七十公里远的地下工厂干活，我作为家中的男孩，本应成为父亲的骄傲，结果上了两年高中就坚持不下去了。

2015年11月13日，星期五，我生平第一次踏上法国的土地。八九年前，我跟着学校组织的旅行去过鹿特丹和塞维利亚。除此之外，只有回摩洛哥老家时，我才会离开我的城郊小镇。摩洛哥是父母亲的出生地，老家在纳祖尔①

---

① 纳祖尔，摩洛哥东北部港市。

一个名叫柯布达纳的村庄上。父亲还能存点钱的时候，我们每隔一年回去一次。至于比利时，我只知道列日，两年前我在那儿参加了九个月的职业培训，还有沙勒罗瓦、安特卫普和蒙斯。大姐在蒙斯的缝纫车间做工做到手指变形、视力下降。为了协会的事儿，我还去过比利时边境的一些偏僻农庄。

　　这次离开比利时既不是学校组织的旅行，也不是休假，这让我不知所措。我感到阵阵眩晕，处于醉酒和中暑之间的状态。

　　我记得父亲的一位老朋友有时来家里吃晚饭。那是个鳏夫，没有孩子。微醺的时候，他总会对我们说，灵魂是不会死的，它像异物非法住进我们的身体，所以我们的器官会对可以驱散它的东西产生依赖，虽然这些东西会毁了我们的健康。

　　父亲的这位朋友说得挺对的。当我走向命运的终点时，我觉得我的灵魂和肉体彼此冷淡。

　　阿里驶离主路，进了第一个休息站，他要把羽绒服脱掉，借口是出汗太厉害。

　　那两个不认识的人完全无视我们。

　　德里斯保持微笑，他无缘无故地笑就意味着他在想事儿。

　　我和德里斯从小就认识。我们住同一栋楼，那栋楼位于莫伦贝克的梅勒博梅纳大街。我们在一个学校上学，并排坐在教室的最后一排，两人都喜欢在课堂上调皮捣蛋，被我们搞得筋疲力尽的佩希太太把我们叫去办公室的时候，我们还一脸自豪。德里斯不是那种找好学生麻烦的人，他也不骚扰女同学。对他来说，学习就是浪费时间，他想赶快长大，和在超市里做收银员的母亲一起挣钱养家。一天，课间休息的时候，我被布鲁诺·乐斯腾拉到一边。他十二岁，是五年级的"霸王"，洗劫同学口袋里的零花钱，殴打不服他的人。我不记得布鲁诺是怎么把我截住的，我很怕他，总是尽量绕着他走，躲着他。他掐着我的脖子，把我顶到墙上的时候，我差点两眼一翻晕过去。在这之前，德里斯一直没跟同学打过架，他试着跟大块头讲理。谁知形势急转直下，演变成学校有史以来最壮观的斗殴。从那天起，我的朋友德里斯成了我的英雄。我无法想象没有他的日子该怎么过。家人为了让两个姐姐远离莫伦贝克的"大胡子"，把家搬到了库克尔贝赫的埃尔克利耶大街，有些教徒对不戴头巾的女孩破口大骂，骂她们婊子，还威胁泼硫酸使她们毁容。每天晚上和周末，我都去以前住的地方找德里斯玩，当我的英雄从高中退学时，我也学他的样儿，这是最自然不过的事情。

我很高兴能和他一起赴死。

"你不用跟我们客气，"前排那位兄弟用阿拉伯语对司机阿里发牢骚，目光紧逼，"你要是想跑跑步或者小睡一下，都没问题。我们有的是时间。"

"我们会按时到的。"阿里试着宽慰他。

"你算老几，你知道我们接下来要干吗？赶紧上路。到终点前不许再停车。"

阿里没再说话，把羽绒服放到后备厢，赶紧把车开上高速公路。他徒劳地紧握方向盘，以掩饰双手的颤抖，扭曲的面庞暴露了他内心涌动的怒火。我们的车连续超过几辆半挂车，乡村的景致在我们眼前展开，一览无余。几头奶牛在绿油油的草地上吃草，远处的小村庄还笼罩在晨雾之中，教堂的钟楼冲破薄雾，像一根奇丑无比的夺彩竿①。

我试着什么都不想，可怎样才能清空大脑？现在我满脑子都是碎片般的画面，像一堆无法修复的旧电影胶片。我的孪生姐姐光着脚在柯布达纳的果园里奔跑，耶扎在怨天尤人，可怜的父亲穿着围裙在卖菜，母亲就像皮影戏里的人物……他们会想念我吗？孪生姐姐肯定会，妈妈可能会，耶扎不会，父亲也不会。我和父亲形同陌路。我的家人，其实就是那些朋友；我的家，其实就是那条街；我的私密空间，其实就是清真寺。头几天，母亲会为我掉眼泪，父亲会对邻居和所有爱打听的人说，他没有我这个儿

---

① 竿顶挂有奖品，能爬上去取下奖品者得此奖。

子，然后生活恢复如常，从此我只存在于抽屉深处的泛黄照片上。

他们有什么用？一生做过什么？他们和莫卡有点像，是耐药性强的寄生虫，让这个世界变得越来越没意思。在我的记忆里，母亲从来没有从起点格向外探出一步。她被日常生活的固定程序吞噬，对未来没有任何期待。我三岁的时候，她就是这个样子，委曲求全的不幸人生，像机器一样按照设定的程序运转，双手被洗涤剂腐蚀，对着孩子们的背影喊话，在老公面前软弱得像坨牛粪。母亲像是被冻在时间的长河里，没有年龄差异，没有行为坐标。一个柏柏尔女人来到西方国家，日夜思念故乡的里夫山。她就像内心充满愧疚的人，为了让自己好过些，使劲给自己找罪名，结果发现自己既是罪人又是受害者，承受着双倍折磨。

至于父亲，从我睁开眼睛那天起，他就天天在我眼前扮演精疲力竭却不肯上吊给自己一个痛快的男人。我时常问自己，他为什么离开摩洛哥，背井离乡到比利时来开杂货铺，他完全可以留在纳祖尔卖菜并保持低级赌徒的劣习。每天晚上回家的时候，他总是一副潦倒的样子，心情特别差，不给太太一个吻，也不对孩子说半句温柔的话。

"他们就像野草一样自生自灭，既可怜又毫无用处。"伦敦来的说教者这样评价我们的生活。

"我开收音机听一下法兰西体育场那边有什么动静

吧！"阿里提议，可能一直听谢赫诵读经书让他感到疲倦。

"比赛还没开始。"德里斯提醒他。

"是没开始，不过现在肯定有些部署。昨天，德国队接到炸弹袭击的警报，从酒店里疏散出来了。那些部门不会当作什么都没发生一样。"

"那又怎么样？"前排的兄弟问。

"呃，可能有些消息能让我们知道圣德尼附近的安保部署。"

"这关你什么事？"

"我负责把你们顺顺当当地送到那里。"阿里提高声调，他有点被邻座的傲慢和敌意激怒了。

"你不是负责把我们送到指定地点，你是在收钱办事。至于能不能顺利到达，那不归你管。有人在天上替我们照看，知道吗？"

阿里没有作答。

"听懂了吗？"这位兄弟狠狠地逼问，"你别动光碟，什么都别动，管好你自己就行。"

"我又不是聋子，不用大喊大叫。"阿里回敬了一句。

"你是聋是瞎，我一点都不在乎。开你的车，别说话。"

阿里缩着脖子，再也没说话。

德里斯一直伸着脖子，他转了转头，随后脑袋就耷拉下来了。

另一位乘客到现在都一声不吭，继续把我们当成空气。他是谁？他从哪儿钻出来的？从他身上什么也看不出来。我们只知道他是爆炸物包裹的血肉之躯。他就是那种怪咖，你把他扔到角落里，一年后准能在原地找到他。

我看了看这个人，又看了看那个人。我真是看不透他们。大家就要一起牺牲了，他们对我和德里斯却毫无兴趣。看来我们只是跑龙套的。谁允许他们居高临下地看我们？是他们的决心吗？我也有决心，我也视死如归。虽然偶尔有些问题困扰我，但我现在比任何时候都坚定。萨迪克伊玛目说过："疑问是必要的，我们要承受的是天使与魔鬼的大战，艰苦卓绝的实力对抗，把我们逼到墙角的决斗。当然，我们可以选择站在天使这边或是魔鬼那边。信仰是自身深处信念的升华，达到这种境界，我们才会发现自己真正的命运——归附真主或者因为背弃真主被罚入地狱。"

在我身上，斗争十分激烈。魔鬼像个吸血鬼吸附在我身上。我无时无刻不在权衡利弊，身体就像一座行走的角斗场，脑袋里充斥着聒噪的声音，拇指一会儿指向地面，一会儿指向天空。魔鬼不肯放开我，凶猛残酷，喧嚣四起。我曾经千百次站在临界点，准备回到我的烤肉三明治店和小酒馆，回去纠缠放学后常去纠缠的女生，约那些喜欢夏季金曲胜过布道的伙伴，还有我的电影光碟。不过真主战胜了拿着千般武器的魔鬼。只要他点醒我，我就能把盘桓在脑中的恶魔赶走。利耶坚定地对我说：你永远成不了比利时人。"你不会拥有配司机的专车。就算奇迹出现，你穿上西装革履，别人也会用眼神提醒你的出身。不管你做什么，无论你在实验室里或是绿茵场上有多么成功，只要你抬手打了一个娘娘腔，你的偶像光环就消失了，你就变回了北非人。总是这样，过去是，将来也是。"

我绝不能变成莫卡，我承认自己过去就像一只井底之蛙，没有发觉他们把我的公民身份偷换成了社会案例，不知道命运其实掌握在自己手中。他们认为自己是操纵木偶的人，想方设法让我觉得灵魂轻如鸿毛，觉得自己是破布缝成的布偶，总有一天会与扫帚、拖把为伍，在清扫间里过完一生。

来到这个终极转折点，我的人生找到了方向。我发誓献身真主，报复那些把我物化的人。

2015年11月13日，星期五，我要同时完成这两项任务。

2

阿里在法兰西体育场附近把两个兄弟放下，球迷从四面八方拥来，脸上涂着鲜艳的油彩，脖子上挂着饰有队徽的围巾，有的人肩膀上还扛着个小孩。兴奋的球迷三五成群引吭高歌，他们挺着胸，头发竖得像一只带角的帽子。另一些人高举着三色旗和横幅，气宇轩昂地走来走去，他们已经被热烈的气氛和啤酒灌醉。人群中还有许多女人，她们跟男人一样滑稽，穿着蓝色紧身上衣，胸部轮廓一览无余，脸上还胡乱涂着口红。大巴车一辆接一辆，把客人倾泻到空地上，四周是严阵以待的安保人员。

警车分片监控球场区域，我们的两名乘客依然顺利混入人潮之中。

下车的时候，他们也没跟我们打招呼。

他们好像也没听到德里斯对他们说"一会儿见"。

他们还没走远，阿里就把诵经的碟片取出来，打开收音机。

德里斯对他下令："继续放碟。"

阿里坚持说："现在一定有对我们有用的消息。"

"请继续放那张碟，再把我们送到3号点。"

"你想说的是2号点吧？"

"3号点。卡利尔不认识这些地方，我要给他指一下，然后再去2号点。"

司机提醒他说："路线图上不是这么写的。"

"你别管，我说了算。"

阿里开始倒车，他在路中间倒了几把，一边用愤怒的双眼看着后视镜里的我们。德里斯向他竖了竖拇指，就没再搭理他。

圣德尼进城的路口到3号点之间的路有点堵，我们还算顺利，开到了目的地。阿里在一条僻静的街道把我们放下，终于可以走了。不用猜，他一定马上开回布鲁塞尔。回家后的第一件事肯定就是把车子彻底清洗一遍，把我们可能留在车里的DNA痕迹全部抹掉。

德里斯好像知道我在想什么，说："别埋怨他。"

"你看到他是怎么走的吗？"

"卡利尔，战争和其他事情一样，都像个市场。有被迫出力的，有在远处遥控指挥的，还有分包商。阿里就是分包商，他不是来参战的，他是来做买卖的。"

他说的，我一点也不同意。我不在乎别人打什么小算盘,真主自有圣裁。反正我从不作弊。我早已远离贪婪、放荡、招摇这些不当行为。我是至慈的安拉的战士,我是无上光荣的骑士团成员。

德里斯的话破坏了这个神圣光荣的时刻,他其实不必为任何事感到惋惜。除了我们的任务,其他的都不值一提。他口中的"被迫出力"是什么意思?为崇高的事业献身不是每个人都可以得到的恩惠。

我问他:"你为什么在最后一分钟改变我们的计划?"

"行动还没开始。"

"你不用送我到指定位置。我不是小孩子,不需要别人一直牵着我的手。"

"我只是想跟你一起度过这最后的时刻。你介意吗?"

"不介意,可阿里会怎么想?我不能一个人完成任务?"

"他爱怎么想就怎么想,不用考虑他。"

我们静静走到一个街心公园。周围人来人往,有的人拎着购物袋,有的人若有所思。店铺敞亮的门脸,霓虹灯招牌,橱窗后亮着的电视屏幕,柏油马路上驶过的汽车,身边的一切仿佛和我不在同一个时空。

我们坐在长凳上,德里斯脸上又浮现出朦胧的笑意。对面的街上,女孩正在招手拦出租车,店员站在店门口试图说服顾客,一对夫妇疾步回家。老妇人对年轻男孩说:"你真的要回家吗?尚塔尔跟我说过……"这是一个普普通通的夜晚,不过几个小时以后,它会被写进历史,成为

16

空前绝后的一夜。

　　"你为什么这么看着我？"德里斯问。

　　他的提问吓了我一跳，因为我沉浸在自己的思绪中。

　　"我怎么看你？"

　　"你好像很难过。"

　　"你想我有什么表情？"

　　他拍了拍我的手腕。

　　"你绝对不知道我多么为你自豪。"

　　我没有说话。

　　他抓紧我的手：

　　"你还好吗？"

　　"怎么会不好？"

　　"害怕吗？"

　　"怕什么？"

　　他摸了一下鼻尖，喉咙里好像卡住了东西。

　　"有时，我恨自己把你给拉进来了。"

　　"没有道理啊！"

　　"有的时候，我问自己，你是不是怕惹我不高兴才跟我一起投奔利耶的。"

　　"是这样的。"

　　"真的吗？"

　　"当然。要是你不跟我玩，我肯定很难过。"

　　"你后悔吗？"

“一点也不。刚开始，我是跟着你。后来我觉得跟着你是对的。以前，我像瞎子一样四处转悠。我要找到一条路，兄弟们帮我找到了。”

“这我就放心了。”

“你不应该怀疑，这是我平生第一次觉得自己很重要。”

他叹了口气，嘴角抽搐了一下。

“这世上没有什么值得我们留恋的。”

“同意。”

突然，他换了一种口气。

“你还记得薛拉吗……”

“我不记得任何人、任何事，”我打断他的话，“我用高压水枪冲掉了所有和此时此刻无关的东西，还用沥青把它们盖上。今天晚上，我们是受真主眷顾的幸运儿。你不知道这对我来说是多大的荣幸。”

他点头表示同意，手指在大腿上跳舞。德里斯比刚才还紧张，心里一定在想些奇怪的问题。

“刚才那两个家伙是谁？”我问他。

“我猜他们是从中东来的。”

“他们都没正眼看过我们。”

“也许这是他们那边的文化。不管怎么说，真主已经把我们和他们的命运连在一起了。”

“到了天园，我可不想跟他们住在同一屋檐下。”

他笑了，笑得像个孩子。那是从前的他听到不错的笑话时的笑容。他一直很有魅力，今天晚上，他简直光彩照人，眼神里溢满了天使般的温柔。

"好了，忘了他们，"他对我说，"不管他们友不友善，今天，他们是我们最亲密的兄弟。"

他看了看表。

"比赛很快就会让现场气氛沸腾。你看，那边，广场尽头就是地铁站，你不会走错的。你的地铁票还在吧？"

"我不会弄丢的，那可是我去永生花园最高层的单程票。"

他先站起来，等我起身后，他双手抓住我的肩膀，把我拉向他。

"不要随便走进哪节车厢，要选人最多的那节。"

"拜托，我不是还在吮指头的小孩。"

他表示抱歉，然后我们加快步伐离开。

我们走到街边关了门的报亭旁边。附近已经没什么人了，除了两个面色苍白的老妇人，她们好像丢了东西。被人故意弄坏的广告牌下还有一个流浪汉，神情恍惚地枯坐在一堆破烂中间。

"卡利尔，我要走了，我得赶快去我的位置。"

"对，一切按计划进行。"

他把我紧紧抱住：

"我真的特别特别为你骄傲，卡利尔。"

我也紧紧抱住他，闻着他身上的味道。我们就这样抱着对方，过了漫长的好几秒钟。他放开我的时候，眼睛已经模糊，笑容里也是无尽的悲伤。

"好了，我们待会儿见？"

"一会儿见，德里斯。"

他开玩笑地说："你要当心。"喉咙却紧了一下。

"好的。"

他鼓起勇气，凑到我耳边说："我打赌，我的受害者会比你的多。"

"德里斯，教规严禁赌博。"

"咱们走着瞧，殉教者所有的罪行都会被宽恕。"

他最后一次抱紧我，然后匆匆离去。

最近一个多月，我和德里斯一起为这次行动做准备。每晚祷告以后，协调人都会和我们在利耶家碰头，他要确定我们是真心自愿的。分别的时候，负责人抓着我们的肩膀，探查我们内心的想法，提醒我们，真主只会要求子民做他们能力范围之内的事情。"你们的任务重大。如果你们觉得自己还没准备好，完全不必为自己的退缩感到羞愧。没有人会对你们怀恨在心。殉教靠的是信念，不是逼迫。其他兄弟将十分乐意取代你们。"

德里斯用清晰无误的声音向他保证："谢赫，我们绝不让任何人取代我们，去完成真主对我们的期待。"伊玛目深表赞同，眼睛却一直盯着我。德里斯为我做担保：
"卡利尔很腼腆，不过他下决心要去做的事，推土机都挡
不住他。我们一起长大，也要一起去死。"伊玛目抱紧我
们，做总结陈词："你们会一起成为真主的幸运儿。"

第二天，谢赫又出现在那儿，对我们进行同样的测
试。这是他的执念，他要搞清楚我们有没有"成为炸弹的
能力"，要确定利耶在这种需要可靠的大规模杀伤性武器
的关键时刻有没有选错，虽然利耶声称自己非常了解这些
孩子。

第三天晚上，他又出现了。后来，每天晚上，他都会
出现，为了以防万一。

那天下午，他依旧在那儿，裹着显得很尊贵的伊玛目长
袍。利耶在他右手边，另一位伊玛目，尊贵的萨迪克在他左
手边。他一脸庄严地说："几个小时后，全世界都会守在电
视机前。国家元首会一个接一个发表演说，表达愤慨，然
而在地球的每个角落，人们听到的是你们的声音。我们要
传递的信息容不得半点模糊。我们要向这些异教徒再次证
明，我们有能力在任何地方，对任何人实施打击。"

在指定时间、指定地点，一辆车把我和德里斯接上。
车上已经有两名乘客。他们的出现让我们觉得很蹊跷，利
耶没有告诉我们会有这两个人，只跟我们说，法兰西体育
场里面也会有爆炸，德里斯的任务是瞄准体育场出口的球

迷，我则要等比赛结束后再在地铁里行动。

这么看来，计划在体育场内实施"爆炸"的应该就是这两个陌生人。

我不知道我们要和他们同行。

德里斯先上车，坐到后排中间，给我留出位子。

"现在不用自我介绍，"司机阿里说，"你们到永生花园再互相介绍吧！"

一上来，这两个陌生人就让我不爽，他们甚至没有抬眼看我们一下，其傲慢和冷淡实在令人讨厌。德里斯用眼神告诉我要克制，这两位兄弟应该是把注意力全放在任务上了，没法分神对我们表现出友好……

"您有烟吗？"

刚才那个流浪汉打断了我的思绪，他欠着身子靠近我，整个人摇摇晃晃，身上脏兮兮的，两根发黑的手指在嘴边做了个手势，表示他很需要尼古丁。

"我身无分文，从昨天开始就没吃过东西。您有钱或者餐票吗？"

"走开！"我没好气地回答他。

"怎么回事儿！我又没找你要天上的月亮。"

"我说了，回你的窝里！"

他应该从我的眼神里读到了必须退却的讯息。

他回到自己的角落，咧着嘴，远远地打量我。

　　我绕着这片房子转悠了一个钟头，一直没有远离地铁站。我记下每个路口的标志物，不时回到刚走过的街道，确保自己没有迷失方向。

　　餐馆里挤满了人。比赛刚刚开始，球迷在座位上动来动去，有时干脆站着，眼睛死死盯着屏幕，手里举着啤酒杯，就像举着奖杯。他们发出的噪音向四周扩散，犹如一阵狂风。

　　远处传来爆炸声。我听到以后，马上跑向最近的餐馆，看是不是行动开始了。客人的喧哗显示他们心情很好，气氛欢快。柜台那边，侍应生和服务员在评论比赛，眯着眼睛看着头顶的电视屏幕。体育场内，看台上挤满了激动的球迷，歌声、哨声此起彼伏。我就此推测，刚才是煤气罐爆炸的声响或者是我的幻觉。

　　几分钟后，又是一阵爆炸声，但说不上来是从哪儿传来的。我站在餐厅的橱窗外，盯着电视屏幕。法兰西体育场内依旧一片欢腾，没有受到任何反常状况的影响。比赛继续在热烈的气氛中进行，每次法国队反击给对方球门造成威胁时，场内就会响起雷鸣般的掌声。

　　突然，四面八方响起了警笛，整个圣德尼市笼罩在末日般的合唱中。

　　餐馆里没有人觉察到异常，他们继续看比赛，继续喝酒碰杯，喧哗声盖过了和夜晚的脉动同步的警笛声。我不知所措，完全搞不清楚状况。法兰西体育场的看台上一片欢腾，小旗在空中挥舞，歌声和喇叭声比平时还要响亮。这个时候，那两个敢死队队员应该已经引爆了炸弹背心，然而看台上没有丝毫恐慌的迹象。我还等着看几十个身上着火的观众像两股火龙冲出体育场，在出口引起难以描述的混乱，可是什么都没有发生。镜头静静地扫过球场，放大一次铲球，回放一次传接球，停在某个球员身上，现场球迷们依旧情绪高涨，大声加油助威。

我无法联系德里斯打听情况。我盯着电视，看球场里的情况。比赛继续进行，直到裁判吹响了比赛结束的哨音。之后，球迷们走向球场，肯定发生了什么事。歌声停了，出现了令人焦虑的沉默。花花绿绿的面孔上出现了呆滞的表情，片刻前响彻体育场的欢呼声突然停了。我看到孩子们陷入惊慌，姑娘们一脸震惊，男人们不知所措。餐馆里的客人用奇怪的眼神对视，我听到两个男人谈论恐怖袭击。

我急忙赶往地铁站。

3

地铁里，所有车厢都人满为患。大多数乘客都是从法兰西体育场出来的，他们一脸恐慌，眼神绝望。奇怪的是，他们都不说话，似乎只有一个渴求——尽快回家。人群中一个孩子在哭泣。在我周围，好几个人埋头看他们的苹果手机。我的目光越过前面那个人的肩膀，看到他的手机屏幕上的可怕景象。新闻频道正在播放巴黎一处恐怖袭击的现场画面。画面在抖动，很模糊。我猜不出来视频在说什么，因为那个人用了耳机。我旁边的年轻姑娘焦躁地发着短信，面色惨白，像是快要晕过去了。

列车尾部出现骚动，人们挤来挤去，然后响起争吵声。我担心有人拉响车厢警报，一旦紧急停车，所有人都会被疏散出站。我的脑中响起讲经者雷霆般的训斥：

"真主是怎么对付想踏平麦加的象军的？**他遣去阿巴比勒之鸟**，这些鸟朝他们扔从地狱里衔来的石子，大军变成了打蔫儿的干草。今天，象军就是自命不凡妄图挑战教规的列强，我们要依照真主的旨意消灭他们。今天，我们就是阿巴比勒之鸟，要比他们的飞机飞得更高，比他们的导弹射程更远，比他们的卫星监控更高效……"我的耳边响起数千人齐喊"真主至大"的声音，就像一座火山在我身体里爆发。我把手伸进外套口袋，想着德里斯、我的孪生姐姐还有母亲，心中默念清真言，按下引爆炸弹背心的开关……

什么都没有发生。过了好几秒钟，我才意识到绑在腰上的炸药没有引爆。我又按了一下，再按了第三下，我还是完完整整地站在那里。车厢里的人稍稍安静了些，引起刚才那阵骚动的是个小偷，他不服气地说："我不是故意的，这里面挤得像沙丁鱼罐头，不能怪我。"我继续按那个开关，突然感到一阵眩晕，小腿痉挛得特别厉害，像是被钳子夹紧了。污秽的呕吐物涌到嘴边。我现在什么也控制不了，拇指按破了皮也没有用，炸弹背心还是哑火。

回过神来的时候，我惊讶地发现自己站在站台上，随着焦躁不安的人流在地铁通道里走。我找不到出口，刚下了一趟车，又上了另一趟车。我完全迷失了方向，不知道最后是怎样走到大街上来的。流动的空气让我清醒过来，身上的汗仿佛也凝结了，我说不好是恐惧还是寒意让我从头到脚在颤抖。

周围的人很快四散开，只能听到响彻夜空的警报声。

我双手撑头，试着理清头绪，不知道自己在长凳上坐了多久。

"先生，别待在这儿，"一个警察对我说，"请您赶快回家。"

一个女孩从自行车上下来，问那位警察："出了什么事？怎么到处都是救护车？我刚才差点被一辆警车给撞了。"

警察还是说："请您不要在外面逗留，赶紧回家。"

"发生了恐怖袭击，在共和国广场。"一个路人用颤抖的声音说。

我起身离开了那个小公园。

能去哪儿呢？我不知道自己身处何方，也不知道要做什么。

我不停地告诉自己：本来这个时候我已经死了。

我决定给阿里打电话，让他回来接我。我找到一间电话亭，可是身上一分钱也没有。我对路过的一位女士说："发生了恐怖袭击，我妈妈肯定担心死了。我得给她打个电话报平安，可是我身上没带钱。"这位女士马上打开钱包，给了我一张纸币，"您快给她打电话。我也是，女儿们现在在外面。我的天！但愿她们平安无事。"等她走远，我才去拨阿里的电话。这家伙等了很久才接起电话。

"阿里,出了点问题。"

"抱歉,您打错电话了。"

分明就是阿里的声音。

再打过去的时候,直接进了留言箱。

我回到刚才的小公园,思考现在的情况,脑袋里乱糟糟的。我开始往回走,出于本能地把拇指放在上衣口袋里的炸弹按钮上。警车车队突然驶过,车队呈金字塔型,两侧是闪着警灯的轿车,中间是一串中型车。车队径直驶向一条特别宽的马路,可能是环城高速。路边有几间餐馆还在营业,不过坐在露台区的客人很少。我走到了刚才那个小公园门口,发现自己原来绕着它走了一圈。

路的尽头是刚刚经过的那栋建筑。建筑正面写着"会议中心"。一个亮灯的路牌上有一张巴黎地图。我试着在地图上找自己现在的位置,这一找,我更糊涂了。

我回到电话亭。

阿里不接电话。

"混蛋,混蛋,混蛋……"

我拨通了拉扬的电话,他是我的儿时伙伴。

"你得来接我一趟。"我对他说。

"不好意思,我不在布鲁塞尔。"

"我需要你的帮助,拉扬。"

"我跟你说,我不在布鲁塞尔。"

"我真的很急。"

"打车吧，我在康布雷。"

"那是哪儿？"

"在法国。你知道的，要是我真的在附近，我马上就会出现在你面前。眼下真的不可能。事情很严重吗？"

"我在巴黎。"

电话那头一阵沉默。

"你在巴黎干什么？电视里说有几个区，死了好多人。"

"这里全乱套了。我不知道该去哪儿。我身上也没钱，只能待在大街上。"

"你受伤了吗？"

"没有，我迷路了。你得过来接我。"

"没有火车可以回来吗？"

"我跟你说了我没带钱，你来不来接我？"

拉扬咳嗽了几下：

"你的具体位置是哪儿？"

"我不知道。"

"你不知道你在哪儿，让我怎么接你？巴黎可不是只有两条街一个小广场的小村庄，你至少得告诉我一个标志建筑。"

"我再跟你说一遍，我不知道我在哪儿。"

"你只要给我离你最近的街道的名字。"

"地铁出来有一个特别大的建筑，会议中心，下面是

29

个酒店，酒店的招牌挂得很高，你一定能看见。酒店的名字是凯悦，地铁站是马约门。"

"别说太快，我得记下来。我上网查一下再给你回电话。"

"别，别，别，别挂电话。我是在公用电话亭给你打电话，我没剩多少钱了。"

"那我们在酒店门口见。"

"你什么时候能到这儿？"

"开车过来需要多长时间就得多长时间。卡利尔，这可不是邻居串门。"

"这里所有人都神经紧张，我可不想招惹酒店保安。"

"找个安全的地方待着，别走太远了。我快到了给你电话。"

"我没有手机。"

"那你要我怎么跟你碰头？"

"这条大马路上有个小公园……不，还是别去公园。你到凯悦酒店正对面的汽车站找我。我看到你的车就喊你，你到酒店门口就把车里的顶灯打开。"

"还不如打开音响呢。"他开始埋怨我，"傻子，你去巴黎干什么？"

"看我的姨母。我……"

他挂电话了。

拉扬找到我的时候已经凌晨三点了，我在车站里都快冻僵了。他穿着西装，打着领带，看来是去康布雷参加庆祝活动。他让我上车，坐在他旁边，然后查了一下导航，开车绕过会议中心，上了高速。

"我以为你不来了。"

"环城高速上堵车。你什么时候到巴黎的？"

"今天下午。准备去我姨母家住，然后出去找工作。我爸把我赶出来了。我想到姨母家避几天，可是她搬家了，我只有她以前的住址。"

拉扬和我一起长大，对我和家人的矛盾了如指掌，他也知道我和我父亲关系不好。

"你可真会挑日子啊！"

"我也没想到啊……"

"发生了什么事儿？"

"嗯，就是恐怖袭击啊。"

"我是说你，你怎么会身无分文？"

"我在地铁里被人偷了钱包，里面有身份证还有钱。"

"看来糟心事都让你碰上了。要是我们在检查站被人拦下来，你怎么解释你没带身份证？"

"你被查了吗？"

"没有，不过警察已经开始在城里分片监控了。"

我们开了大约两个小时，拉扬突然下了高速路。

"你这是干什么？"

"我得去康布雷取点东西。"

"你可以明天去。我想回比利时，尽快。"

"卡利尔，冷静点，条条大路通布鲁塞尔。"

"我要去蒙斯。"

"这是顺路的，康布雷、瓦朗谢讷，然后你就到蒙斯了。"

天色渐亮。除了几辆跑运输的货车，路上几乎没什么车。偶尔迎面驶来一辆轿车，和我们擦身而过。薄雾笼罩着窗外的景致，拉扬静静地开车，没起一丝疑心。我想，他把我的那套说辞照单全收了。

他把我送到蒙斯进城口。

我不想让他知道我去找谁，也不想让他知道那个人住哪儿。

我敲门的时候，大姐耶扎快要吃完早饭了。她给我开了门，一句话也没说，径直回到厨房，继续吃她的早餐。她习惯了我的突然到访，特别是当我缺钱或者和老头子闹翻的时候。她就当我不存在，一声不响，面带愠色。耶扎很讨厌别人到她家来。

她收起放空的眼神，我突然感到巨大的饥饿，便给自己煎了冰箱里仅存的三个鸡蛋。

看着我狼吞虎咽的样子，她生气地问："你这是打哪儿来？"

"一个朋友家，他在附近举行婚礼。"

"他没给你们准备吃的？"

"去的人特别多。"

大姐用毛巾把手擦干净。对话结束，她去换衣服，罩上面纱，准备出门。

"你去哪儿？"

"工厂里还有活儿要干。"

"今天是星期六。"

"那又怎么样？"

"你从来都不休息？"

"没人烦我的时候，我就能休息。现在大家连在自家安静待着的权利都没有了。总有人突然到访，来搅和。"

突然到访的人显然是说我。

"你打算在蒙斯待很久吗？"

"不一定。"

"走廊那头的柜子，抽屉里还有一套钥匙。你走的时候把钥匙放到邮箱里。"

"好。"

她狠狠地吸了一口气，出门，然后把门重重关上。

姐姐曾经重度抑郁，现在好像完全康复了，但表象之下隐藏着后遗症。四十岁，单身，可能还是处女，她对人生不抱任何希望。以前，家人去摩洛哥就是为了给她找个丈夫。但在我们这个族群，只有男人有权利挑选女人，还提出各种条件。通常来说，住在布鲁塞尔或者其他西方福地，附赠家庭团聚机会的女孩不会被人拒绝。然而在我们村，对于不太漂亮、有点胖、一只眼睛还可能突然失明的女孩来说，结婚是没多大指望的。我姐姐不符合那些择偶条件，就连那些吃不饱饭还要在臭烘烘的田里干活的表兄弟都不愿意娶她。可能就因为这个，她的脑子开始短路了。

母亲觉得有人对女儿施了魔法，于是带着二十七岁的耶扎去沙漠腹地菲吉格一带，拜访了一位有名的隐士。我不知道那个江湖郎中给姐姐开了什么神药，回到纳祖尔没几天，她就开始做噩梦，深夜时分会惊醒，大喊大叫，翻着白眼在地上打滚。镇上的伊玛目被请来诊治，说我姐被魔鬼附体，为她做了几场驱魔仪式，反倒让她的情况愈发严重。

我当时只有十岁，看到的驱魔场景让我害怕了好长时间。父亲不得不提前结束假期，匆忙带我们回到布鲁塞尔，然后立即送姐姐去了一家专科医院。医生诊断她因为严重的情绪压抑得了癔症，给她开了电击疗法的处方。

耶扎的生活恢复了正常，或者说差不多正常，因为她偶尔还是会深陷忧郁。她重新开始工作，先是在一家洗衣店，后来在一个摩洛哥人开的裁缝店干活。再往后，我的孪生姐姐、比她小十七岁的扎哈结婚的时候，她又不好了。按照里夫山区的传统，年长的孩子应该先结婚成家。耶扎接受不了命运对她的新打击，不得不住进精神病院，接受了几个星期的密集治疗和严格的跟踪治疗，回到家后，她像变了个人，神经极度敏感，把所有玩笑都当成正面攻击，和所有人都合不来。她对亲友的抱怨越来越多，最后一个人搬到蒙斯住，断绝和所有人来往。

她出门之后，我倒在沙发上睡觉。

一阵电话铃声把我吵醒，电话在耶扎的卧室里。

外面的天色渐暗。我突然意识到我还活着，这让我觉得很奇怪。

我发现炸弹背心还在我身上，就像我的第二层皮肤。我完全忘了它的存在。我打开浴室的灯，把衣服脱了，把死亡腰带摊在地上。我要看看为什么试了那么多次，炸弹还是没有引爆。我一上来就发现连着开关按钮的线接错了地方，制造炸弹背心的人只是把线在TATP①炸药棒上绕了一圈。仔细检查之后，我发现引爆装置后面藏着一部手机。我简直不敢相信自己的眼睛，我的炸弹背心里面怎么会有手机？为什么和炸药直接相连的不是按钮开关，而是

---

① 三过氧化三丙酮，又称熵炸药。这种炸药也被称为"撒旦之母"。

这部手机？当初的计划不是这样的。应该由我引爆雷管，我一个人来引爆。这该死的手机怎么会出现在我这个自杀式炸弹袭击者的背心里？难道有人想远程遥控，把我炸死？

狂怒让我头痛欲裂。我用双手按住脑袋，防止它自爆成碎片。

我恢复镇定，恶心的污物再次涌到嘴边。等大脑稍稍恢复理智，我剪断了连在手机和炸药之间的线，小心翼翼地把点火器取出来，尽量不让这玩意儿在我的指间变热，否则它会在我手上爆炸。拆弹完毕，我用布裹住炸弹背心，藏进装旧鞋和乱七八糟的旧物的箱子里。

耶扎卧室里的电话又响了。

我还是没去接。

我躲在窗边，窥视被雨水打湿的街道，生怕有可疑人员出现。几间店铺还在营业，三个男人在商铺的遮阳棚下避雨闲聊，一个送货员正从小货车上卸货。

我的肚子饿得难受。家里只有一袋准备扔进垃圾箱的面包丁、一块黄油，还有半个蔫了的洋葱。没有其他可以下嘴的东西。

我把面包丁吃得一粒不剩，然后给姐姐打电话，让她买点吃的做晚饭。

"你怎么还没走？"

"来接我的朋友出了交通事故。"

"有去布鲁塞尔的大巴和火车啊！"

"我没钱。"

"别开玩笑了。"

"我在宴会厅丢了钱包。我通知了酒店，他们还是没找到。"

我听到耶扎在大口吸气，还伴随着低沉的抱怨：

"床头柜的抽屉里还有点钱，你只拿必须得花的钱，知道吗？"

"我不能出去，我太饿了。"

她直接挂断电话。

我洗了个澡，但水并没有浇灭我脑中的烈火。

我裹着一件旧浴袍，躺在沙发上，手里拿着那部可疑的手机，试着开机，但是开不了。我猜可能电池没电了，这可能也是我还勉强活在人世的原因。

4

"你为什么用洗衣机？"姐姐刚到家就质问我，"你应该等我回来，我也有东西要洗。电费很贵的。"

她把购物袋放到餐桌上，然后进卧室收拾行李。

"我可告诉你，你穿的是我的浴袍。"她恶狠狠地对我说。

"我没衣服可穿。"

"这不是理由。"

我看着她把内衣、长筒袜、一条裙子、一件衬衣、一条黑围巾胡乱装到箱子里。

"你要去哪儿？"

"布鲁塞尔。"

"家里出什么事了吗？"

"妈妈要我陪她去巴黎。"

"巴黎？"

"娜吉姨母的一个女儿在法国恐袭时死了。"

"怎么会这样？"

"我也不知道具体情况。那个表妹可能是在听音乐会的时候遇害的。妈妈在电话里号啕大哭，别人还以为是她死了女儿呢！她对她姐一点好感也没有，还演这么一出戏，我只能挂掉电话。"

"哪个表姐死了？"

"有什么分别吗？死了这个还是那个，都是悲剧，不是吗？"

她说话的时候语气生硬，完全不带感情，像是背诵一段她不喜欢的课文。

她合上行李箱，把我从卧室里赶出来，显然是因为她走后我还要在她家住，她很不开心。

"你坐车去吗？"

"我的老板开车送我去。"

"那你什么时候回来？"

"别再问东问西的，烦死我了。"

"别跟任何人说我住在你家。"

"对，特别是别把我家当成你家，付水电费的不是你。我回来的时候不想再看到你，行吗？"

"我肯定会走的。最迟，明天上午。我在安特卫普有个实习机会，我可不想错过。"

她走的时候把门重重地关上，我透过窗户看见她钻进一辆老式轿车，启动的时候，排气管的动静特别大。

那天晚上，我什么也没吃。一种强烈的不安代替了饥饿感。我躺在沙发上，盯着天花板，关在这个逼仄的一室一厅里，让我觉得坟墓都比这儿宽敞。姐姐家没有电视，也没有收音机。也许这样更好。我不想听任何消息，不愿去想我的姨母和任何死者。战争就像抽奖，抽奖箱里有间接损害、流弹、计算失误和友军炮弹造成的损失。在这种血战到底的对抗中，生和死都是命运的安排，是真主的意愿。良心在这儿是没有用的，怀疑是被禁止的。为了理想信念牺牲或是因为在错误的时间出现在错误的地点而殒命，都不能影响任何东西。我表姐听演唱会的时候死了，而我本该死了却还活着。这是命运在跟我们开玩笑，任何人都难逃命数。

我一直躲在姐姐的公寓里，度日如年，每每听到街上传来急刹车的声音，就跑去窗户边窥探。我和外界完全切断了联系，只有一个幽灵和一堆问题陪着我。兄弟们现在怎么看我？我仿佛听见司机阿里在喊："我早就说过他是个胆小鬼，德里斯不得不陪他去地铁站。我敢肯定，德里斯一走，他就跑了。"

除了逃兵，任何指责我都可以接受。

为了放空大脑，我把堆在洗碗池里的餐具还有姐姐忘了洗的一篓衣服给洗了，还把她懒得整理的地方收拾了一遍。在旧物堆里，我找到一个更隐秘的地方藏那件炸弹背心，还找到了以前遗留在她家的东西。在一个装满了泛黄明信片的鞋盒里，我找到一根断了的金手链、一块没有表盖的手表、欧元时代以前的纸币、一包没开封的信，上面贴着国王哈桑二世的邮票。我意识到自己正在侵犯姐姐的隐私，然而我不但没有克制自己，还继续满足自己的好奇心，并为此暗爽。

第四天，濒临崩溃的我给家里打了个电话，祈祷接起电话的人不是父亲。摘下听筒的是我的孪生姐姐扎哈。

"家里人还好吗？"

"妈妈和耶扎去了巴黎，爸爸没有陪她们一起去。他卧病在床。你知道阿妮萨的事了？"

"是。"

"太可怕了。"

"这就是命……没有人打听我的情况吗？"

"没有，你在哪儿？"

"在实习，在安特卫普。你确定没有人来找过我吗？"

"没有人到家里来。怎么了？你约了人来吗？"

"我请朋友去我们家，给我带几件衣服。实习可能会延长，我没衣服换了。"

"要是你朋友来的话，我给你装什么衣服呢？"

"不用了。我会尽快回去。"

挂了电话，我松了口气。

看到我还在家里，姐姐很不高兴。心烦的她直接在门厅脱掉面纱，然后冲进房里整理自己的旅行箱。

在我的记忆里，她第一次犯病后就再也没有跪在毯子上祷告，也没有踏进过清真寺。我想，她戴面纱是为了祭奠死者。她身上的一些东西已经死了，可是当她不得不出去换换空气的时候，她又会想起这些东西。

耶扎总是跟自己斗气，认为亲友、邻居甚至全世界对她都是虚情假意。她的坏脾气成了她的保护壳，也成了她埋怨自己活在这个任何人都无法取悦她的世界的方法。

"我的实习取消了。"我告诉她。

"所以你打算在我家等新的实习机会？"

"我没有钱，而且我在这儿也不认识别的人……"

她狠狠瞪了我一眼。

"我还以为你的一个朋友在这儿结婚。"

"他去度蜜月了。"

她从钱包里抽出几张皱巴巴的钞票，扔给我，差点扔到我脸上。

"这里有趟车去布鲁塞尔，每隔……"

"你在赶我走吗？"

"随你怎么想。我现在是在自己家里，我要一个人待着。"

我假惺惺地迟疑了一下，然后把钱装进口袋：

"在巴黎，还顺利吗？"

"你觉得呢？"

"妈妈还好吗？"

"她会好起来的。"

她让我离开她的卧室，她好换衣服。

我回到大街上，像陷入敌境的士兵，有种想找人打架的冲动，甚至对自己躲在姐姐家感到羞愧。头脑发热的我甚至不在乎被警察逮捕。我，一个缓期执行的死刑犯，我有什么好怕的？把我扔进监狱又怎么样？里面全是我的兄弟。

只有一件事让我十分苦恼——让利耶相信行动失败的原因是制造炸弹的人做事马虎。我倒是掌握了有力证据——在炸弹背心里找到的手机。利耶可以亲自判定我是不是懦夫。

误会消除以后，我要给自己讨个说法。应该由我来决定我什么时候去死。为什么有人想远程引爆炸弹，把我炸成碎片？萨迪克伊玛目说过，在所有殉道者中，敢死队队员最受真主庇佑。为了事业，在和敌人交战时，牺牲是一种特权，以敢死队队员身份自我牺牲是对信仰最崇高的礼赞，一次这样的行动胜过千次英勇参战。我本可以升入永生花园，与圣贤做伴。

　　我上了开往布鲁塞尔的大巴。车上有十来个乘客，一对夫妇带着三个穿得一模一样的金发女孩，一个瘦成皮包骨的惨白老人，坐在前排的一个大个子女人，几个安静的男人，还有一个北非裔的小年轻，他穿着随意，戴着耳机，耳机罩挂在脖子上。这就是利耶鄙视的"穿运动鞋、打耳环鼻环各种环的一代，像烈日下的荆棘一样毫无用处"。

　　一路上，北非青年都窝在座位里，脑袋随着音乐摆动，对窗外的景色毫不在意。他的轻佻举止、乞丐服、搞笑的帽子还有怪诞的发型都让我觉得恶心。

　　巴黎恐袭的冲击波震撼着比利时。

　　布鲁塞尔气氛压抑，有的人脸上写满了困惑，有的人则一脸轻蔑。安全部门在汽车站设置了检查关卡。安检人员要开包检查，还根据人脸选择性筛查身份证件[①]。

　　我急忙离开这个地方。

　　我打电话给拉扬，请他让我留宿几天，因为我得花时间解决和父亲之间的矛盾。

　　"没问题，卡利尔。晚上六点左右，我在家等你。"

　　"现在不行吗？"

---

① 根据人脸选择性筛查身份证件，是指在安检口，执法人员根据年龄、肤色、宗教信仰等人脸即可体现出的特征，抽查身份证件。这种筛查标准带有种族歧视色彩，西方国家舆论对此有过质疑。

"我现在在康布雷。这儿有个工程。"

现在是中午十二点差一刻。我不知道剩下来的时间该干点什么，姐姐给我的钱只剩10.6欧元。我在快餐店找了个座位，点了块素食比萨、一杯饮料和一杯无糖咖啡。下午一点的时候，我步行前往拉扬住的街区。途中经过了一座清真寺，这时我才发现11月13日以来，我再也没有做过祷告。我决定继续赶路，怕有安全部门的人躲在角落里监视。

一间手机店正在营业。我把那部可疑的手机交给修理人员，他试着开机，没有成功，翻来覆去地看，一脸疑惑。

"这个机型很老。"

"这部手机对我很重要。"

"那也修不好。"

"我想应该是电池没电了。"

"我觉得我应该没有这种机型的充电器。"

"拜托您找一找，这是父亲留给我的遗物。"

修理员让我等一等，退到帷幔后面的房间，五分钟后，他回来了。

"孩子，我很抱歉。这不是电池的问题，您的手机烧坏了。"

"什么，烧坏了？"

"对，烧坏了，修不好。还能怎么跟您解释呢？"

我谢过修理员，回到街上游荡。

我感到特别恶心，而且累得不行，在一间公园里睡着了，旁边是三个穿得破破烂烂的酒鬼和一个带着德国牧羊犬要饭的流浪汉。

拉扬住在博加尔大街，他在楼下看到我，把我带到自己住的两居室里。公寓收拾得很干净，装修也很有品位。客厅很大，放了一张宜家的沙发，一个边柜，玻璃柜上放着平板电视。巨大的30年代纽约全景图占了半面墙。对面是一个小书柜，里面全是书。卧室外面有阳台，采光很好，浴室也足够宽敞。

我对拉扬说："总是这么整洁。"

"我和我妈一起请了个保洁员。"

"运气真不赖。"

"这不是运气的问题。我也要加班挣外快，才能改善生活。"

他请我在沙发上坐。

棕红色的边柜上放着一个大相框，照片里的女孩面带微笑，长得很漂亮，一头金发，海蓝色的眼睛，喜气洋洋的样子。

"玛丽是我们公司的总机接线员，我们明年一月会订婚。"

"她改教了吗？"

"她不一定要改教。"

"什么叫她不一定？你是穆斯林，对吧？"

"我爱她，她也爱我，这才是最重要的。"

他歪着脑袋看着我，说：

"我说，你脸色不太好，还没从巴黎的经历里恢复过来吗？"

"我的样子像是在抱怨吗？"

"你看上去像是刚从闹鬼的洞里爬出来。听着，这不是件容易的事。在巴黎发生的事情太可怕了，我现在都觉得害怕，用这种方法杀人实在太疯狂。"

"我不想谈这个，拉扬……我想请你帮个忙。"

"让我明天三点送你去巴黎？"

"我跟你说正经事儿。我需要点钱，我在巴黎丢了手机和钱包。"

"我马上要订婚了，手头没有什么闲钱……"

"我不是要买高级手机。我只想买个能打电话的便宜货，可以联系我姐姐。我担心我家老太太，她姐姐的女儿在巴黎恐袭中丧生了。"

"你表姐在恐袭中遇难了？"

"对。"

"哦，我的天，真抱歉！我不知道说什么好。节哀顺变，我的心和你同在。"

他走进卧室，出来的时候拿着一部旧手机。

"手机有点旧，还能用。你只要买张充值的手机卡就可以打电话了。"

"我还要买个临时用的剃须刀。"

他抿了抿嘴，回到卧室，给我拿出五张20欧元的纸币。

"我会尽快还你的。"

"老是承诺这个保证那个，"他冲我笑着说，"好了，我猜你也饿了。我叫两份麦当劳外卖吧？一会儿我还得去给客户做网站设计。"

"你是老板，听你的。"

吃完外卖，拉扬去客户那儿干活，我去手机店。我买了张手机卡，又去药店买了阿司匹林。回到拉扬家，我冲了个澡，然后瘫在沙发上，拿起电视遥控器，可是没有勇气打开电视。我需要静一静。让我烦心的只有一件事，一件大事——向埃米尔解释为什么我的任务失败了。

我和拉扬还有德里斯都出生于1992年，3月到7月之间。我们住在莫伦贝克的梅勒博梅纳大街的同一栋楼里。拉扬家住四楼，我住二楼，德里斯家住一楼。拉扬的妈妈开了间服装店，德里斯的妈妈在超市做收银员，我妈妈在家开托儿所，照顾邻居家的小孩，赚点钱。父亲对这份营生不仅不反对，反而为母亲可以自给自足、不用他贴补家用感到庆幸。他总是说他没钱，其实，他就是抠门。我从来没撞见过他偷偷给谁塞零花钱。

我和拉扬、德里斯在同一屋檐下学会走路，在同一块地砖上跌倒。母亲把我们当成三胞胎一起养大。拉扬三岁的时候被送进幼儿园，德里斯和我继续留在家里。后来，读小学的时候，我们三个又相聚了，虽然不在同一个班，但是课间休息的时候我们可以一起玩。晚上，我们会聚在其中一个人的家里。拉扬是好学生，学渣们因此开他玩笑，给他起了个绰号，叫"奶瓶"，因为他妈妈长得漂亮，而且身材苗条，为了保持身材，她没有给拉扬喂母乳，而是给他喝奶粉。当然，这不是真的。拉扬的母亲是很纯的柏柏尔人，不会破坏祖上的规矩。丈夫在一场交通意外中去世后，她一个人含辛茹苦把独子带大。拉扬从来什么都不缺，我第一次骑自行车，就是骑他的；我第一次摸游戏机，就是在他家。我承认我有点嫉妒他，他总是干干净净的，头发梳得整整齐齐，衣服也很得体，像是一块被打磨光滑的鹅卵石。当我和德里斯还有一群孩子围着莫卡这个老家伙，被他和危险分子打交道的故事逗得前仰后合的时候，拉扬总是在温习功课，而且要等到他母亲检查完作业以后才能上床睡觉。

我父亲从来没看过我的成绩单，虽然上面的分数低得可怕，他宁可喝酒或者在赌局里输个精光。我母亲目不识丁，连账单和传票都分不清。其实，在家里没有人在乎我的学业，我爱旷几次课就旷几次课，没人在意。

　　进入初中，我的学业毫无起色。我和德里斯坐在教室最后一排嬉戏打闹，拉扬屡屡受到褒奖。爱学习的小伙伴收到诸多赞美，而我和德里斯为了吸引全班同学的注意故意交过白卷。测验和老师的警告让我们越来越放肆，被批评的时候，我们甚至感到骄傲。

　　后来，拉扬去母亲为他精心挑选的私立高中上学了。德里斯高一就辍学，一个月后，我也烧掉书本、作业本和书包，跟着他进木材厂打黑工。

　　拉扬是电脑高手，毫不费力进了一家不错的管理公司。德里斯的木工活越干越好，就是丢了两根手指。我靠打短工和新鲜空气过活，不太考虑明天的事情。

　　我们用各自的方式讨生活，不过我们三个一直是世界上最好的朋友。我们还是经常见面，一起看电影，打电话聊天，虽然自从我和德里斯开始参与兄弟互助会的计划后，拉扬显得越来越忙。

5

　　第二天十点左右，我出门去找多米尼克。这位老相识以前和我住在莫伦贝克同一个区，绰号叫"布法"，现在开了一间汽修店，还出租摩托车。我们十岁那年还是不共戴天的仇人。每次狭路相逢，他都骂我"倒霉催的阿拉伯人""耍蛇的"，还朝我掀起衣服，露出小肚子。他总想揍我，胆小怕事的我根本不敢招惹他。一天晚上，我从莫卡的"基地"缪斯公园出来，布法在一条僻静的街道把我截住。一场恶战在所难免，我必须自卫。自卫行动相当成功，布法回家的时候满脸是血。从此以后，我们和平相处，还成了朋友。

　　布法没读过什么书。作为"野外学校"的学员，他的青春期是在动荡中度过的。随着时间的推移，他重新过上了规规矩矩的生活。十九岁就结了婚的他现在已经是一个男孩的父亲，忙着照顾自己的小家庭，过着知足常乐的生

活。合情合理，仅此而已，他没有理想。萨迪克伊玛目认
为，好公民不一定是好信徒。不过鉴于布法是基督徒，他
是可以被宽恕的。《圣经》是人类作品，所以不够完美，
耶稣的子民也因此不太重视宗教仪式。布法大方地承认过
这一点，认为伊斯兰教的一些东西非常神奇，和他的族群
相比，我们参加宗教仪式时更真诚。就是因为这个原因，
我一直和他见面（虽然萨迪克伊玛目建议我们不要接触非
穆斯林），因为他既不是种族主义者，也不仇视伊斯兰
教。

"我有急事，需要一辆摩托车。"

布法摊开手臂：

"你随便挑。"

"我明天中午前还你。"

"没问题，只要别跟上次那样把车弄坏了就行。"

"我保证。"

当我发动摩托车的时候，布法擦掉手上的油污，向我
走来：

"你知道德里斯去哪儿了吗？"

"我有一个星期没见他了。怎么啦？"

布法看了看四周，然后对我说：

"警察好像去过他家，还把他妈带到局子里去了。"

我的肚子里一阵翻江倒海。

"你说他会不会跑到叙利亚，参加'圣战'去了？"

"这我怎么知道？这种事，谁会告诉别人。"

"你是他的铁哥们，他对你也守口如瓶吗？"

"可我什么都不知道。"

我骑上摩托车，赶紧离开汽修店。

但我骑不动车了，觉得手腿麻木。我离开主干道，在一片空地停下来，掏出手机，给我的孪生姐姐打电话，问她有没有人按照之前说的来家里取我的东西。

"那个朋友一直没有来，"扎哈肯定地告诉我，"你之前跟我说，你很快就能回来，所以不需要衣服。"

"安特卫普这边的实习出了点状况。有没有给我的信？"

"没有。"

"你确定没有人到家里找我吗？"

"确定，没人来过。"

我花了十分钟让自己放松下来，然后重新骑上摩托车。

制作炸弹背心的人住在离布鲁塞尔二十多公里远的偏僻农场，在去尼诺弗市的路上。去他家要先穿过一大片无人开垦的荒野，方圆几里内没有任何建筑。我先是顺着石子路走，路两边的树看上去很凄凉，再沿着溪边的羊肠小道走，这才到了自学成才的爆炸专家的衰败农场。他一个人住，没有老婆孩子陪伴，靠养鸡过活，偶尔给这个区的几位埃米尔制作"包裹"赚外快。这个绝密地点，以前我和司机阿里来过两次，为利耶取"特别定制"。

我在鸡舍后面的窝棚里找到了他。他正在修小推车的轮子，听到摩托车引擎声，并没有特别警觉，只是把门打开，看看是谁来了。

发现是我，他继续干活，焊接小推车的前部。

再次见到我，他不太高兴。

"没人告诉我今天会有人来。"他一边抱怨，一边继续干活。

"我也不是来礼节拜访的。"

他看了我一眼。

"你无权擅自到我家来，你坏了规矩。"

"这事对我特别重要。"

"利耶知道你来吗？"

"我得先见到你再说。"

他把焊枪放在巨大的橡木桌上，在围裙上擦了擦手，挺直腰看着我。

"你脑子里进了东西吧？进了屎吗？我告诉你，你跟我说不着。我家不是磨坊，想进就进。你想在这儿撒野还是怎么的？没有埃米尔的命令，谁也不能来我家。你知道你这样会搞出什么事来吗？"

我把那部手机扔到桌上。

"这手机烧坏了。"

爆炸专家皱了皱眉，一言不发地看着手机。他看不出这里面的关系。

"你的这个破玩意儿没启动。"

"你这是发什么疯？"

"我不是个懦夫。是你搞砸了，该你去跟利耶解释我为什么还活着。你的破手机用不了，你应该把它修好再装到我的炸弹背心里。"

他的脸突然变得煞白，他听懂了我的话，也刚闹明白为什么我还活在世上。他扶着额头，往后退了一步，就这么站了一分钟，呼吸紊乱。等他可以强装镇静的时候，他抬起双臂，阻止我靠近。

"你，听清楚了。我什么也没听见，你赶紧走，立刻，马上。"

"我得向利耶证明，任务失败不是我没有试，而是有人给我塞了一个假的引爆开关，原本可以远程把我引爆的手机还是个劣货。"

"我每次都检查我的设备。"

"修理员说这个手机型号早就过时了，而且还烧了机。"

"什么修理员！妈的！你知道你做了什么吗？"

"我只是去了一家手机店，不会有危险的。"

"蠢货。"

"我只是想搞清楚为什么它开不了机。"

"可能是你把它弄死机了。"

"我一直不知道它的存在，我是在检查炸弹背心的时候，在引爆装置里找到它的，而且按钮和弹药棒只是用线缠了一圈。"

"我不用跟你解释这些，我的任务就是准备好'包裹'。我无权过问谁来用，用来干什么。"

"可是谁允许你在引爆开关上做手脚，还给我粘了个手机在里面？"

"我听不懂你这话是什么意思，我不知道这里面的秘密，也没有参与计划的制订，根本不知道谁会穿上我做的背心。而且，我也不提供售后服务，你听到了吗？现在，给我滚出去，别再回来。你有什么要求，找你的埃米尔去。"

"你必须承认，是你的错我才没有完成任务。"

他狠狠拍了一下桌上的焊枪，跑到门后，操起挂在上面的斧子。

"你再说一句，我就砸烂你的脑袋，然后挖坑把你埋了，再盖上我这儿的鸡粪。我跟你保证，最灵敏的警犬都找不到你的踪迹。给我滚！对我来说，你早就死了，死得太久，我都记不起来了。"

只见他口吐飞沫，双目怒睁，要是我再动一下，他就会一斧子劈开我的脑袋。在我眼前的已经不是人类，而是准备把我生吞活剥的狼人。

我赶紧骑上摩托，返回布鲁塞尔，心里纠结得不得了。

布法的汽修店来了不少人。我认出经常去警察局报到的热罗姆，他家住在莫伦贝克，自称侠盗亚森·罗宾第二，专门在富人区入室行窃。他应该只有三十岁，看上去却像是六十岁的人。旁边是布法的哥哥埃里克，他在克伦比克大街开了一家汽修店，结了婚，有三个孩子。坐在摩托坐垫上的是左撇子弗雷德，正在吃一块蛋黄点心。弗雷德也是修车的技师，以前参过军，后来因为偷零件被开除了。

我进来还车的时候，这一群人突然不说话了。

起了疑心的我主动问："打扰你们了吗？"

布法对我做了个手势，让我不要站在门口。

"我好像闯进一场家庭会议。"

埃里克扭扭捏捏地问我："你什么都不知道吗？"

"那得看你问的是什么。"

"关于你的朋友德里斯。"

"我不知道他在哪儿，我和他又不共用一个脑袋、戴同一顶帽子。"

"恐怕他再也找不到适合他头围的帽子了，"弗雷德说话的时候，蛋黄从嘴边流了出来，"你的好朋友今天上午上了电视新闻头条，他被认定是袭击法兰西体育场的人肉炸弹。"

我假装吓晕过去。布法赶紧过来搀扶，免得我倒下。

他对我说："我们都惊呆了，整个莫伦贝克都惊呆了。没有人会想到德里斯能干出这种事。"

"我可不信，"一脸迷茫的热罗姆说，"德里斯一直是个好孩子。他给人的印象不是那种秘密筹划做出野蛮行为的人。我真的大吃一惊，我原来挺喜欢他的。"

布法推了一把椅子给我：

"坐下，我给你倒杯水。"

我作势跌坐在椅子里，把脸埋在双手之中，因为我无法表现出应有的情绪。

热罗姆拍了拍我的肩：

"你一点都没怀疑过吗？"

弗雷德反问他："你要他怎么怀疑？这些疯子跟他们的老婆都不会说。妈的，把自己给爆了，这太超出我的理解了。我连给自己拔牙都做不到，他们怎么能像去游行一样去寻死？"

布法给我拿来一杯水。我一口气喝光，火气已经上来了。弗雷德的话刺痛了我，我努力压制自己，才没扑上去掐他的脖子。

"而且，他很蠢，"弗雷德继续说，"他是唯一的遇难者。"

"可能他在引爆炸弹背心前就被击毙了。"

"要真是这样，那他就是咎由自取。"

我再也忍不下去了。

我起身离开修车店。布法挽着我的胳膊，陪我走到路边。

"你还好吧？"

"还好，你不用扶着我。"

"很可怕，不是吗？德里斯，人肉炸弹？我们这是活在什么样的世界啊？"

"德里斯是烈士，布法。"

他陡然停下脚步，皱起眉头。

"他是你的朋友，所以你才支持他的行为。"

"我不评判任何人。"

我穿过马路，走进最近那条街，再也没回头。

　

我在外面游荡了好几个小时，才在一个公园停下来。现在我担心的不是警察到我家来，既然我们选择了为事业献身，身家性命就不再重要。现在我担心的是怎么跟拉扬解释。他应该和所有人一样，知道德里斯的事了。现在，他心里可能有一大堆问题，关于我为什么在恐怖袭击那天出现在巴黎，他肯定很想搞明白这件事。我必须保持头脑清醒，想出好的答复。

下午四点左右，我紧握双拳，鼓足勇气，走向博加尔大街。拉扬的车就停在那儿，这可不是什么好兆头。他很少提前下班回家。我按了一下门铃，他没来开门。我用他给我的钥匙打开门。公寓里一片死寂，只听见浴室里的水声。我叫了几声"拉扬"，他没有应答。掀开浴帘，我发现他坐在地上，衣服也没脱，任凭水淋在自己身上。他脸色惨白，毫无血色，脸已经模糊不清，他还在哭。

他抬起绝望的双眼，看着我：

"你早就知道，不是吗？"

他的声音像是从井底传来的。

"是。"

他点点头，吸了口气，无力地用手背蹭了蹭鼻子。

"你去巴黎不是为了见你的姨母？"

"不是。"

他又点了点头，一脸沮丧：

"我当时就有点怀疑。"

"拉扬，不是你想的那样。"

"哦，是吗？"

"我去巴黎是为了劝阻他。"

他的笑里充满了怒气。

"劝阻他？"

"这是真的。你要是我的话，你会怎么做？"

"为什么你不早点告诉我？"

"他当时都上车了。我以为他是去巴黎玩，跟他拥抱告别的时候，我发现他腰上绑着炸弹。他发觉我知道真相，满脸通红。我只能跟着他上车，试着跟他讲道理。但是那个德里斯已经不是我们认识的德里斯，他什么都听不进去。我求他别那么做，我甚至威胁他，要向司机和乘客告发他。他嘲笑我，在我耳边说，'他们可能连祷告都来不及。'我失望透顶。他居然会毫不犹疑炸掉汽车，连我一起炸掉。我跟你说，他当时绝对不正常，应该是被人遥控了。等我们到了巴黎，他就趁人多把我甩了。我到处找他，可他就像人间蒸发了一样。"

说谎的时候，我特别坚定。拉扬没再盯着我看。他又用手背擦了擦鼻子。我小心翼翼地观察他的反应，就像等待判决的被告。拉扬缩成一团，不再跟我说话。我关上喷头。

我帮他脱掉湿衣服，穿上睡衣。他就像任凭大人打扮的孩子，他还呆在那里。

他像猎犬一样趴在床上，用枕头蒙住脑袋，膝盖顶着肚子。我想他是在努力压抑体内的一些东西。

我准备了晚饭。

拉扬坐到餐桌边，双手扶额，盯着眼前的餐盘，目光呆滞。突然，他站起身，跑到厕所里呕吐，之后回到床上躺着。

我把我那份和他那份都吃了，还吃了冰箱里的不少存货，然而巨大的饥饿感仍在吞噬我。我从来没有这么强烈的食欲，觉得自己可以吞掉整个地球。我就像是个沙漏，肚子里装得越多，脑袋里清空得越快。

拉扬在睡梦中不停说胡话，翻来覆去。
我跑到客厅的沙发上睡。
电视机的黑色屏幕把我带进灵魂的深渊。
我不知道该怎么办。

在梦里，我在昏暗的林中空地游荡。周围的树光秃秃的，树枝让人想起抓伤的痕迹。这个地方阴森恐怖，尘雾笼罩在灌木丛上。在一条车辙痕迹明显的小路尽头，德里斯等着我，他全身赤裸，身形消瘦，满脸灰尘，上身有好几道裂开的伤痕。在他身边，一头野猪咧着嘴躺在地上。我觉得冷，双脚陷在泥浆之中。德里斯朝我苦笑，对我说："这不是快乐。"他举起双手，一缕白烟在他的双手之间升起。突然，一把血淋淋的斧头穿过浓雾，朝我劈来。

我惊醒过来，睁开双眼，看见窗户边上有个坐着的人影。

"拉扬？"
窗边那个模糊的人影没有反应。
我掀开被子，摸索着去开灯。
"别开灯。"
我从沙发里挣扎着站起来，走向窗边。拉扬看着窗外的街道，只有一盏路灯亮着。外面下着蒙蒙细雨。

"你很难受吧？"

"我真想不通。德里斯，他不是傻子。他分得清什么是对，什么是错。"

"他一定有自己的道理。"

他大喊："精神失常的人还有什么道理？"唾沫都飞了出来，"我们都有脑子可以思考。恶就是恶，没有什么可以拿来辩解，也没有什么可以减轻罪恶。理智的人只会遵从良知。德里斯，他做了什么？

"只有他能回答你的问题，可是他已经不在人世，所以我们不应该去评判他。"

"我不是评判他，而是谴责他。如果没有情有可原的理由，我只能谴责他，谴责他愚昧到认为别人比自己重要。"

"他是为真主献身，不是为了别人。"

他转向我，嘴都扭曲变形了。

"你赞同他的所作所为？"

"我赞同还是不赞同，又能改变什么？做过的事覆水难收。"

"你知道这场灾难影响有多大吗？德里斯想杀害那些跟他毫无瓜葛的人。真主对这种事无动于衷吗？这就是野蛮，这就是懦夫，可悲又可怜……"

"你会吵醒整栋楼的人！"

"我管他们呢！我要全世界都听到我说话。真主不是军阀，更不是犯罪组织的精神领袖。《古兰经》里写得清清楚楚，杀害一人即谋杀全人类。这些无端的杀戮是为了什么？凭什么穆安津召唤众人去祷告就要被理解成末日宣言？"

"拉扬，注意你的言辞，你这可是亵渎神明。"

"是吗？"

"当然是啊。愤怒让你言不由衷，胡说八道。快去床上躺着。"

他腾地一下站起来，打开客厅的灯，然后走到我面前，眼中闪着怒火。

"这是我自己家，不是寄宿学校的宿舍。我想什么时候睡就什么时候睡，懂吗？我想评判谁就评判谁。什么都不能为德里斯的行为辩解，无论是埃米尔的赞美还是江湖骗子的葬礼祷词，这帮人打着真主的旗号其实是想取而代之。"

他逼向我，呼吸愈发急促：

"卡利尔，你是在帮德里斯说话吗？"

"他是我的朋友。"

"他也是我的朋友。"

"那就别再中伤他了，他已经不能为自己说话了。"

"你觉得他可以自辩，是吗？"

他久久地盯着我，嘴角泛出白色的唾沫，喘着气，发出水管开裂时的嘶嘶声，这种声音响彻我的耳畔。我们对视了一会儿。拉扬像是第一次把我真正看清，而我眼中的他，被打入火狱，舌头打上结，整个身子吊着，放在火山口上烤。

我再也没了睡意。

我对拉扬充满怨恨，恨他自以为是，认为自己比千千万万用鲜血灌溉拯救之路的勇士聪明；我恨他背弃自己人，假扮融入当地文化的良民，其实他根本成不了那种人，不过是低级的编外人员。他没有资格评判，更没有资格谴责德里斯。拉扬只不过是舞台最不起眼的角落里的龙套演员，既没有信仰，也没有追求的事业。他哪知道什么是宗教，什么是信众的神圣使命，什么是真正的实践信仰。他连自己为什么生在地球都不知道。就因为在学校成绩好，他就觉得自己可以成为人生赢家，在一家公司工作还不够，还要加班干私活才能保持收支平衡，他完全没有意识到自己不过是一介苦役。他的世界只剩错觉，他的梦想不过是致命陷阱，他的雄心壮志换来的不过是一些纸做的胡萝卜。想彻底摆脱这种境况的人应该为长远之计努力，而不是只顾着眼前那些稍纵即逝的目标。德里斯选择了永恒，我坚信他一定十分满足，成了永生花园里的一个天使。

6

训斥子女不是父亲的专长。得知我要复读小学最后一年，他只是上嘴唇碰碰下嘴唇："哪怕给驴子配上金鞍，驴子终归是驴子。"这句话长时间在我耳边回荡。我本以为他会给我讲一堆大道理，或者借用无名小卒通过努力学习成为有名有钱的人的生动案例，给我上一堂人生课。总之，说一些能激发我责任感的话。但我得到的只有冰冷的蔑视，既没有耳光，也没有威胁，也没有惩罚。只有一句轻率的讽喻，那种轻蔑只会把你推向堕落的深渊。

德里斯也留级了，他母亲为此大哭一场。那是个受过伤的女人，伤口愈合的过程也是她渐渐萎缩的过程。我从来没有听过她对儿子大声说话，也没见过她抬手打他。她以惊人的忍耐力承受命运的作弄，认为儿子偏离正道都是因为自己的错，深信德里斯的不幸是因为自己没能留住孩子的父亲，一个她用尽全力去爱的土生土长的比利时人，然而这个人在她即将生下德里斯的时候抛弃了她，跟他们都认识的一个女性朋友走了。

我问德里斯："留级会有什么结果？"

"会让父母难受。"

"你觉得我爸会因为我难过吗？"

"我不知道，我没有爸爸。"

说最后这句话时，他有点伤感。

拉扬从背后"偷袭"了坐在人行道上无所事事的我们。他穿了一身笔挺的衣服，头上还擦了发胶，额前留着漂亮的刘海。他完全有理由自豪，把自己打扮成帅哥，理应得到地球上所有的快乐，因为他带着写满了热情洋溢的评语的成绩单升入初中。他是全班第一，赞美的话收到一箩筐，他母亲还买了一台电脑奖励他。

他向我们提议："我身上的钱足够我们一起看场电影。"

我问他："看完电影，我们再去找莫卡他们？"平时，拉扬的母亲不准他在缪斯公园闲逛。

"为什么不呢？"他有点欢欣雀跃，"放假了，不是吗？"

一缕阳光让我醒来。因为枕在沙发的扶手上，我的脖子有点疼。阳光洒满了整个客厅，现在应该是中午时分。拉扬上班去了。我冲了个澡，给自己煮了咖啡，坐在厨房里想今天该做点什么。跟利耶联系太冒险了。按照现在全国的形势，必须严格保持通讯静止状态。警察应该正在密切监视兄弟互助会聚会的体育馆。

我发现圣德尼之旅以后，我再也没做过祷告。这不要紧。在真主眼中，我是烈士，虽然任务失败，但这丝毫没有玷污我的崇高志向。

把咖啡杯举到嘴边时，我抬起头，正好看到墙上的照片。银边相框里的拉扬对着镜头微笑，眼神闪亮。

你想跟你的老板喝酒碰杯，跟异教徒结婚，不信真主，放肆过活？那是你的选择。我和德里斯做了我们的选择……你妈总是把你拾掇得干干净净、漂漂亮亮，还香喷喷的。德里斯享受不到这些，我也没有……你是否曾气恼到觉得别处的自己才是真实的？你有没有试过站在窗边，看着空无一人的大街，发现自己居然坐在对面的人行道上？我有过，而且是每天夜里，家人睡着的时候。我像个假人趴在窗户上，看对面人行道上坐着的男孩。拉扬，那情景真是活见鬼了！真是活见鬼的景象。我对坐在人行道上的男孩一点也不同情，还鄙视他。鄙视自己是很可怕的，你知道吗？我等着那个男孩走开，从我眼前消失，可他就是不走。他宁愿站在雨里，也不肯嘲笑我。最后，是我打了退堂鼓。我回到床上，努力入睡。然而我看着天花板，却发现自己掉在半空中，怎么能合眼？我是人类的渣滓，拉扬，我是一个毫无前途的边缘人，整天无所事事，一到天亮就去清真寺悔过自新。清真寺对我来说不仅是避难所，而且让我这个废物得到再生利用。它看到了我和德里斯这种在社会上无法立足的人，给了我们容身之所，把我们从阴沟里带了出来，把我们当成珍品，呈到最壮丽的圣殿前。这就是真相，拉扬。清真寺让我们获得了应有的尊严，把别人抢走的尊严还给我们，还唤醒了我们被埋藏的光彩……拉扬，你没有资格评判德里斯，你千不该万不该评判他。你连他的脚后跟都够不到，任何人都无法企及他的高度。

我走出拉扬的公寓，发誓再也不踏进这里。他不再是我的朋友。我对他只有一种冷到骨子里的憎恨，我永远不会原谅他把德里斯的牺牲贬为野蛮行为。

我沉浸在自己的思绪中，顾不上看路和路上的人。

我就像在雾中游荡的幽灵。

是因为德里斯不在了，还是因为没人照顾我，让我觉得周遭的一切像被抹去了？我如此孤单，如此不幸，需要有人听我说话，向我证明身边的这些墙都是石头和砖砌的，周围的噪音不是因为我的脑袋里有个东西不停摆动引起的。

我感觉自己空洞得像被风吹起的塑料袋。

我不是在走路，而是在漂移。

我本想给扎哈打电话，让她来见我，但又担心她被人监视。在这个世上，只剩下我的孪生姐姐。我特别喜欢她，她也很喜欢我。我们亲密无间，以至于最细小的心思都会被她察觉。对我来说，其他家人已不再重要。母亲太过卑微，在我心里没有任何重量，我对她的怜悯多过温情。至于父亲，他现在就是陌生人，我一点也不爱他，他的一切都让我无法忍受。

我突然发现自己走到了伊萨的面包店，他是协会里很有影响力的成员，正在给一位老太太结账。他透过橱窗看到我，用下巴示意我继续走我的路。

可是走哪条路？

我在这里长大却还没有成熟，然而这座城市的一切已经将我抛弃。

夜色如猛禽向我扑来。我一天没吃东西了，走进一家土耳其烤肉店，点了三明治和苏打饮料。一群年轻的马格里布人在谈论巴黎的恐怖袭击和布鲁塞尔的紧张气氛，抱怨根据人脸选择性筛查证件的安检措施和过于敬业的警察。一个穿着运动服的大个子侃侃而谈。

"结果呢，我们被骗了，"他像是在做总结，"我有高中文凭，可是找不到工作，因为我长了一张没工作的脸。就因为这些愤怒的疯子，所有人都怀疑我们。我们不得不保持低调，恨不得隐身才好……"

他右手边那位反唇相讥："我还是昂首阔步。一群疯子搞事，凭什么我得缩成过街老鼠。"

大个子提醒他："因为他们给我们带来了耻辱。"

"我们不必为这些疯子自责。"

"可他们打着伊斯兰的旗号。"

"那是媒体想混淆视听，"一个小个子一边用衬衣角擦眼镜一边说，"伊斯兰运动不是伊斯兰教，那是一种意识形态，不是宗教。"

不停用火柴掏耳朵的光头附和着说："法利德说得对。这些精神失常的人向非穆斯林发起'圣战'，别人指责我们也很正常嘛。"

"这不正常，"右手边那位跳起来反对，"别一概而论，我跟那些僵尸半毛钱关系也没有。要是我的话，我会把路上碰到的第一个大胡子的眼睛挖出来。"

一个坐在里面的客人朝他喊："喂，我有大胡子，而且我不做祷告。"

"这样的话，就刮掉胡子。"

"我做不到，我满脸粉刺。"

瘦成皮包骨的小个子一直一言不发，他敲着桌子，想吸引大家的注意。

"我的表兄弟们，要提高觉悟啊，"他拿出学究的派头说，"现在发生的事情是长期累积的必然结果，这个过程跟人的群居本能史一样漫长，从社会排斥一步步走向暴力，就像推导数学公式一样。"

"对谁实施暴力？"穿运动服的大个子火冒三丈地问，"对你我吗？为什么？为了一个更美好的世界吗？这群疯子让情况变得更糟。没有三十六种解决方案。不满意的人就滚回老家，那里清真寺比学校还多。他们可以一直祷告到死翘翘。"

他们当中最年长的那个反驳："我们这不又绕回来了吗！"他大约三十多岁，深褐色的脸，手指被尼古丁熏得蜡黄，"你为什么想让他们回一个对他们来说一文不值的国家？他们是比利时人，在这里出生，在这里上学，在这里长大，他们的老家在这里。就是这种思维害得他们怨恨接纳他们的国家。要是每次有人发疯，就威胁把整个族群赶回原籍，你让他们怎么融入？土生土长的比利时人就没有犯浑干傻事的吗？这种极右翼的鬼话再也别说了。国家的基础不是身份，而是公民制。"

穿运动服的还在坚持，"他们从来不想融入。我们是移民的子女，难免会听到伤害我们的话。你只要看看在电视台乱放炮的那些新纳粹，他们大摇大摆地在公开场合说要暴打我们。因为这个，我们就变成恐怖分子了？我们甚至连合格的穆斯林都算不上。我们努力挣钱糊口，假装什么都听不见。我们没有因为一小撮种族主义疯子就把所有比利时人当成同一类人。"

右边那位反驳："他们呀，他们可不介意把所有穆斯林当成一类人。"

"我同意卢尼的话。恐怖分子和种族主义者是孪生兄弟。前者开始行动，后者伺机而动。但是我们应该把所有情况都考虑进去，不能把所有西方人归为一类。"

大个子接着说："要我说，我同意把这些疯子都装上运货机，飞到他们老家村子上空的时候，把他们空投下去。这是恢复和平的唯一方法。所有大胡子都应该送去警察局，然后发回脏乱差的原籍地。"

"我跟你说了，我留胡子是因为我脸上的青春痘。"

"这是两码事。要不你剃掉胡须，要不你就走。"

大个子说罢，我转向他，同时控制自己不要冲上去掐他的脖子。

"你为什么不做个示范呢？"我故意激他，"你带头回你的倒霉村子去。"

"我可是比利时人，再说我也没招谁惹谁。"

"你永远成不了完完整整的比利时人，哥们儿。永远成不了！证据就是你在族群聚集的低档餐馆吃这些令人生疑的三明治，还和其他假比利时人大骂你的族人。别在这儿演囚监①，睁开双眼看看周围的人，告诉我，在这个老鼠洞里有金头发的人吗？你要是还有一点知觉，看远一

———————————
① 囚监（Kapo），又称功能性犯人，指的是被纳粹党卫军委任监督集中营中的劳工工作、承担管理任务的犯人。

些，告诉我这些假模假式的高危区域是什么意思，为什么你住的街区居民像发了瘟的牲口一样被隔离起来？目光再放远一些，别再盯着你住的贫民窟，看看他们在伊拉克、叙利亚、也门、利比亚做什么？看看在缅甸、车臣甚至咱们的墓地，他们是怎么对待穆斯林的。"

"我从早到晚都在看啊，我只看到有人打着真主的名号实施暴行、破坏、杀戮和恐怖。我看到先知因为羞愧难当，抓破自己的脸，魔鬼看到这些刽子手拔刀都会吓得两腿筛糠。"

三十多岁深褐色面庞的男子补充道："他们让自己的清真寺血流成河，绑架自己生活的城市，炸毁自己的历史遗迹。"

大个子接着问："你觉得是谁杀害伊拉克人，是谁让叙利亚人口不断减少？伊斯兰大地上的少数族裔又是被谁消灭的？因为谁，成千上万家庭流离失所？谁在广场上对小孩痛下杀手，滥杀无辜，让他人屈服？谁用谎话连篇的布道迷惑穷人，然后再把这帮可怜人榨到家徒四壁、身无分文？说啊，你倒是说啊，给我指点迷津。告诉我谁打着至慈的安拉的名号，当着女孩的面强奸她们的母亲，当着女婿的面强奸他们的岳母，当着孤儿的面强奸他们寡居的母亲？"

我推开纸质餐盘，站起来。

离开土耳其烤肉店前，我冲那个大个子喊："现在伊斯兰国家经历的是必要的恶。不除掉这帮软骨头，我们就不能重整世界。"

　　走到大街上，我才惊觉在陌生人面前如此直白地表达观点是多么不谨慎，然而我控制不住自己。

　　正当我考虑该去哪儿过夜的时候，拉姆丹突然出现在我身后。他是个建筑工，业余时间管理协会的餐厅。他假装用手机和别人打电话，低声对我说："跟我来，别跟太紧。"

　　我跟着他来到一个废弃的小作坊，里面已经有两个人在等我们，一个跨坐在箱子上，另一个在角落里站着，像个打手，双手交叉放于胸前。拉姆丹觉得没有必要向他们介绍我。

　　"让他们给我出去。"我催他。

　　"他们很可靠。"

　　"我不认识他们，所以他们跟这儿没什么关系。拉姆丹，我们是有规定的。"

　　这两个可疑人员出去以后，我又向他发难。

　　"你想用这两头大狼狗吓唬我？告诉你我去巴黎不是为了在埃菲尔铁塔下面玩自拍。本来，我已经死了。可能我真的死了。谁知道呢！我只不过是行尸走肉。"

　　"我的兄弟，你干吗发这么大火？你让我把我的朋友赶出去，我就赶他们走了。现在，你也可以走了。"

　　"我要见谢赫或者利耶。"

"你住在哪个星球，我的兄弟？现在全国天翻地覆。任何人都没工夫见这个见那个。大家都要小心行事，等待局势平息。"

"我有急事。我必须跟一位高层谈谈。他们应该知道在巴黎没有完成任务不是我的错。我没有临阵脱逃。"

"利耶知道这事。"

我觉得自己被人狠狠敲了一下脑袋。

"利耶知道？"

"谢赫和萨迪克伊玛目也知道……卡利尔，在这件事上，你无须自责。没有人怀疑你的勇气。"

我还没回过神来，不得不用双手撑着脑袋，以确定是否听得真切。

拉姆丹皱着眉，他很诧异我没有高兴地跳起来。

"怎么样？你现在安心了吧？"

"安心？你觉得这事儿这么简单？知道吗，我一直很迷茫。我很忧郁，总是睁着一只眼睛睡觉，总是无法入眠。每次听到街上有急刹车的声音，我就两腿筛糠。而你，你就仅把它当成一个小误会，扔给我一套说辞。还有，利耶和其他人到底知道多少？我可什么都不知道。"

他想把手放在我的肩上。

"请不要碰我。你只需要跟我解释事情经过。我觉得整件事，我是最后一个知道真相的——就像被戴了绿帽子的丈夫。"

拉姆丹盯着我看了一会儿，清了清嗓子，吸了口气，往两边看了一下，用粗糙的拇指擦了擦嘴角……

"你是不是还有什么秘密没告诉我？快说。"

他的下巴动了动，然后小声地说：

"给你穿错了炸弹背心。"

"这不是开玩笑吧？派我去冲锋陷阵，却给我配劣质弹药。"

"这种事是有可能发生的。匆忙准备的时候，有人搞错了背心，给了你一件不能用的。谢赫和利耶请我向你转达他们的歉意。他们本想亲自向你道歉，但他们还有要紧的事儿。法国和比利时正在追查一个兄弟，他可没有任何借口，这个懦夫像泄了气的皮球，把他的炸弹背心和手机留在了袭击现场。他帮了敌人一个大忙。问题是，没有人知道他躲在哪儿。所以警察四处搜查，到处选择性检查证件。我们的所有部门都关闭了。"

我觉得身体的重量快把我的双膝压垮了，很想去砸墙，砸到手腕断裂。

拉姆丹不停地摸鼻尖，不知道该跟我说什么。

"卡利尔，有我们在，放心。"

"需要我干什么吗？"

"现在，什么都不用做。"

"我已经闲得发慌。"

"你只需要继续忍耐一段时间。你只要记住你不是一个人。利耶请你像什么都没发生似的继续生活。"

"什么意思？"

"正常过日子。当然，不要去协会。你待在你住的地方，尽量不要搞出任何动静。你要是愿意的话，可以回自己家住。要是警察来找你，你不要抵抗。"

"有人告发我？"

"谁会告发你？埃米尔，谢赫，伊玛目？还是我？除了我们五个，谁都不知道你去过法国。"

"那你为什么说警察会来找我？"

"认识和不怎么认识在巴黎牺牲的烈士的人都被警察传唤了：他们的父母、邻居、朋友、附近杂货店的老板、以前学校的老师、邮差。这都是例行公事。我也有可能被传唤。这些机构是在做自己的本职工作。要是他们来找你，你就像好市民一样配合他们……你和德里斯以前总是形影不离，警察对你感兴趣也很正常。你就说，德里斯是你的朋友，你们从小就认识，但你对他的计划一无所知。"

"他们不会相信我的。"

"你不用在乎这些。他们没有掌握对你不利的证据，而且你有不在犯罪现场的铁证。11月13日晚上到14日早上，你在协会的厨娘法多玛的床上。"

"为什么要玷污这个诚实的女人和我的名声？邻居们会怎么想？"

"没有人会跑到屋顶上把这事嚷得天下皆知的。"

"我不要，得找别的证据。我很敬重法多玛，她不该蹚这个浑水。你考虑过她的孩子吗？"

"孩子们都很小，而且这只是为了给你提供一个不在场的证明。法多玛同意的。"

"你们逼她同意的，任何虔诚女子都不会接受……"

"你聋了吗？这只是万一发生这种情况时的借口。"

我想了一下，还是摇头：

"我不能接受。"

"这是命令。命令，就得严格执行。卡利尔，这不是我规定的，这是上面的决定。再说了，这只是为了以防万一，也许警察根本就不会去找你。"

"最好的方法是我出国。"

"千万别，你会露出马脚的。"

"我得找个地方避避风头。"

"他们要是在机场把你拦下，你怎么跟他们说？说你出去度假？就算你能上飞机，他们也能在落地的时候把你截住。他们可以在任何人家里找到你……你就待在布鲁塞尔，像世界上最正常的人一样生活。如果警察局传唤你，你就去。"

"你要我在布鲁塞尔住哪儿？我现在流浪街头。"

"你住在拉扬家，不是吗？"

"你们在监视我？"

"我们是在照看你。"

"是吗？要说照看，恐怕我是唯一一直睁着眼看的人。最糟心的是，我连今晚住哪儿都不知道。"

"回拉扬家。"

"我在生他的气。"

"你不该生他的气。"

他给了我一个信封。

"是埃米尔给你的，够你花一两个星期的，一两个星期后应该就已经风平浪静了。给自己找个住处，或者在这个作坊里将就一下。"

"为什么不是酒店？我需要洗澡，需要最基本的起居用品。"

"有一个地方绝对不能去，那就是酒店。那些部门都在盯着。"

他自顾自地走了，急匆匆去街上找他的左膀右臂，留我呆呆地站在房间中央。

我在作坊里连续过了三夜，蜷缩着睡在纸箱上面。各种疑惑臆测在脑海翻腾，搅得我彻夜不眠。我从各种角度回顾了和拉姆丹的谈话，还是无法让自己放下心来。模糊不清的地方太多了。"拿错背心"的说法实在站不住脚。那么重要的时刻不可能出这种差错。不可能。影响太大，后果太严重。我打心里深信，给我的炸弹背心是对的，绑着手机另有原因——远程引爆我。可能德里斯和其他两个兄弟就是这么死的。要不然怎么解释只炸死了一个人，伤者不多，本来的计划是要大开杀戒？如果法兰西体育场入口的守卫很严，那两个兄弟完全可以等比赛结束在出口突袭球迷。在空无一人的地方自爆，这毫无意义。我的脑子完全理解不了这些。我对德里斯这个人相当了解，我可以盖棺认定地说，他绝不是草率行事、把活儿干砸的人。他本应该等到比赛结束。他不是跟我打赌要杀死更多的人吗？……我越是想吞下这颗谎言制成的药丸，它的副作用就越把我清洗得越彻底。我没有信心，特别是对拉姆丹。一个逼良为娼的人，逼着无懈可击的寡妇母亲偶尔扮演妓女的角色，这种人怎么能信？再想要铁证，也不能让人蒙羞至此。不论是为了我们的事业，还是为我个人，一位母亲的清白容不得讨价还价。拉姆丹就是个马屁精，渣滓，伪君子。要是被人啐了一口唾沫到嘴里，他都会欣然咽下。他让我恶心。这一切都让我恶心。

第四天晚上，我在街上晃悠着，一辆车突然停在我身旁，车门朝我打开。

"上车，快上来。"拉扬对我说。

我别无选择。作坊里的老鼠特别多，纸箱也不够厚实，既无法御寒，也经不起地面的磨损。

扎哈回答得干脆利落：没有给我的"挂号信"，也没人找我，"本应上门取我衣物的朋友"始终没有露面。

我整天窝在拉扬家，看新闻频道度日。电视新闻全是关于那个在逃的兄弟，他在巴黎逃跑了，把手机遗弃在行动的地方，敌人的机构正在利用这部手机捣毁整个网络。我不认识这个逃犯，没有印象以前见过他。反正，他不是我们这组的。

盯着电视屏幕时间久了，感到累了，我就去睡觉。我还没有恢复祷告，某种东西告诉我可以不用祷告。按理说，我已经为真主的荣誉牺牲了。虽然现在还没升入永生花园，但也不用在人间证明什么。虽然没有完成任务，但是我的牺牲可以为我免除一些信徒的任务。

下午五点左右，也就是拉扬即将到家的时间，我会出门找一间咖啡馆，坐到天黑再回家。我要让留宿我的房主认为，我正在挨家挨户地拜访，找工作。我的存在打乱了他的习惯。好几次，他把手机贴在耳边，向未婚妻道歉，请她原谅不能让她来家里的时候，我突然出现在他面前。他冲我尴尬地笑笑，笑容恰恰暴露了我给他造成的不便。可能是为了恢复自由的生活，他说服了一个客户，一个在埃瓦尔街开家具店的土耳其人雇用我。

这个土耳其人大概五十来岁，总是一脸愁容，身材几近肥胖，一张发号施令的大脸，松垮垮的肚腩像个弹力球。他一上来就抱怨生意不好做，邮箱里堆满了还没付钱的账单，差点直接哭穷。拉扬坚持说可以为我担保，老奸巨猾的土耳其人不停地抓着后脑勺，不动声色地打量了我一番，然后问我有没有驾照。

"当然有。"

"开过货车吗？"

"得看是什么车型。小型货车，开过，半挂车没开过。"

他又开始挠头，然后装模作样地在办公桌前查看文件。

"说真的，拉扬，你这是把刀架在我脖子上，因为我不能拒绝你。好吧，我可以给你的朋友开30欧元一趟的工钱，包括组装。当然，他打的是黑工，我只在需要的时候找他。"

"苏莱曼，你不是被入室盗窃过两次吗？"拉扬提醒他。

"入室盗窃，你太夸张了，只不过是被人撬了锁，弄坏了两三个抽屉，什么也没丢。再说，我这儿有什么可偷的？我的家具都是低档货，保险柜也是空的。警察说，作案者不过是个想找地方过夜的惯犯。"

"既然这样，你为什么让我帮你装视频监控？"

"为了吓唬那些潜在的可疑分子。我可不想让我的店变成小混混过夜的地方，特别是现在，还有东躲西藏的恐怖分子。"

"那你就更应该雇一个守夜的保安。卡利尔非常愿意接受这份工作，如果你再慷慨一些。"

"我不需要保安，我的警报设备很好用。"

"警报系统可以被拆除。"

"你当时可不是这么说的。"

"苏莱曼，任何安保系统都不是百分之百可靠，这个你也知道，黑客有这个本事。保安才更有威慑力。"

店主咬着嘴唇，一脸怀疑。

拉扬继续坚持："求你了，这可是我第一次找你帮忙。在他找到一份稳定工作前，给他点儿活干。卡利尔是家里唯一挣钱的人，他要养活全家。他要养五个人，还有一个是长期瘫在床上的老父亲。"

也许是巧合，更有可能是天意，就在此刻，电话铃响了。

老板接起电话后两眼放光。

"老天真是眷顾你的朋友，"他对拉扬说，"这是今年第一次接到这么大的订单，十张办公桌、十个衣柜、四十把椅子、八张矮桌。"

他立刻雇用了我，当送货员和夜间保安。

拉扬为我高兴，可以重新邀未婚妻到家里，更是让他松了口气。我不怨他抛弃我，而且，虽然他让我住在他家，还帮我找工作，我还是不能原谅他恶意贬低德里斯的牺牲。

7

我在广播里听到德里斯母亲出院的消息，儿子的死和相关的烦扰对她打击太大。

我决定去看她。

我先确定去她家的路是否安全，然后选在一个晚上去拜访她。住在一楼的这个失婚妇女突然老了，她在门前认出我，扑到我的肩上痛哭。我不得不搀着她，走到客厅。

"他们对我的孩子做了什么？"她哭喊着说。

"你儿子去了天堂。"

"而我呢，下了地狱。"

"不是这样的。"

"失去孩子的人不是你。你太年轻，体会不到我的痛苦。我好想德里斯。他以前是经常不在家，但他还是会回来的。现在不同了，我彻底失去了他。我也不想活了。"

"别这么说。"

"在这世上，还有什么是属于我的？"

"你应该为他骄傲。"

"我是他的母亲。我不需要为他骄傲，在这世上，我最爱的人就是他。我忍了这么多都是为了他。"

她用脏兮兮的裙角擤了擤鼻子，露出有了破洞的长筒袜。她身上的气味很难闻，大概好几天甚至好几个星期没洗澡了。

"听说你被超市解雇了？"

"谁愿意跟恐怖分子的母亲一起工作？"

"德里斯不是恐怖分子，他是为了争取正义。你没有任何过错，可他们却把你开除了。就是因为这个国家的双重标准，德里斯才死了。"

"失业和失去孩子，不一样。"

"此时此刻，德里斯被真主捧在手心。他不是自杀，他是为了帮助真主消灭敌人而牺牲的。"

"欺骗我儿子的人才是真主的敌人。把我儿子弄得晕头转向的人应该被诅咒，以后每一天我都要诅咒他们。"

苦痛让她怒不择言。

我起身告辞，她抓住我的手腕。

"你是他的朋友，你为什么没看着他？"

"夫人，真主一直在照看他。"

这是我第一次称她为夫人。

我想，我将来肯定不会再来看望她。

她让我很失望。

我和孪生姐姐约在距离圣米歇尔及圣古都勒大教堂不远的小公园见面。因为地铁里的假警报，她迟到了四十多分钟。她一把搂住我的脖子，紧紧地抱着我，就像我们很久没见。她头发的香味还有身上的香水味让我特别放松，我仿佛回到了我喜欢的环境。我和她本来就是一个娘胎里出来的，只要待在一起，就会感到很满足。

"我给你带了你最爱吃的甜甜圈。"她一边说一边递给我一个沾满油渍的纸袋。

扎哈的微笑比天上的星辰还美。她扬起嘴角的时候，酒窝和脸蛋就像是盛开的花，她整个人都变成了一座花园。

她在长凳上坐下，兴奋地问我："安特卫普的实习怎么样？"

"就是一次进修。"

"进修什么呢？"

"木工。我也不会别的。"

"你打算继续给以前的老板干活吗？"

"他不会用我了。上次，他说我在他的抽屉里乱翻。其实，那不过是为了让他侄子顶替我而找的借口。现在有一个小工厂对我很感兴趣，他们的人跟我联系了。我投了简历，在等消息。"

"那就交叉十指，但不能交叉双臂。①"

她用洁白的双手捧起我的脸，温柔地看着我。因为比我早出生几分钟，她总觉得应该照顾我。

"你瘦了。能吃饱饭吗？"

"当然，我到处打零工。虽然吃不起大餐，但足够我每天吃顿热饭。"

"我昨天晚上梦到你了。还记得纳祖尔那家酒店的泳池吗？我梦见我们又到那儿去了，只不过泳池变成了草坪，你穿着泳裤对酒店经理发火。"

"那家酒店没有泳池。"

"我说的是梦里。"

"我不喜欢梦。"

"你让我把这个梦说完。"

"不用了，我连现实都承受不了。"

我打开纸袋，开始吃甜甜圈。

"卡利尔，我很担心你。"

"你不用担心。"

"你应该跟爸爸和解。"

"我不想回家，那只会让情况更糟。老头子又会像以前那样找我的麻烦，想让我去他的杂货店帮忙。你觉得我能卖菜吗？反正我觉得我干不了。再说，他也不给

---

① 法语中"交叉十指"是祈祷好运降临时的动作，"交叉双臂"是冷眼旁观时的动作。

我工钱。"

"他病得很厉害，你知道吗？医生说他心肌肥大。他还不止这一种病，他小便困难。上个星期，他在街上迷路了。妈妈在摩洛哥，还没回来，我一个人又要照顾爸爸，又要料理家里的事，特别累。"

"她去摩洛哥干什么？"

"去陪姨母。阿妮萨被安葬在家族墓地，就葬在巴-谢里夫和哈吉①西迪-奥姆兰两位长老旁边。后来外婆中风了，妈妈只能留下来照顾她。"

她调整了一下鞋后跟，然后陷入沉默。

"警察来过家里吗？"我突然问道。

"你为什么觉得警察会来我们家？"

"我怎么知道？现在好像每个人都有可能被警察局传唤。"

"我们没有，没理由啊！你觉得有什么理由吗？"

"德里斯在我们家长大的。"

"那又怎么样？拉扬也是在咱们家长大的。妈妈带大了一群小孩。我们只是普通人，我们挣的钱都不够花的，也不想让生活更复杂。（她再度陷入悲伤情绪……）我想阿妮萨了。这对她不公平。听说，她的同事是为了给她庆

---

① 伊斯兰教称谓，亦译"哈只""哈志""罕志"，为阿拉伯语音译，意为"朝觐者"。专用于尊称前往伊斯兰教圣地麦加朝觐，并按教法规定履行了朝觐功课的男女穆斯林。

祝生日，才带她去巴塔克兰剧场的。命运多讽刺！"

我被最后一口甜甜圈哽住了，它卡在喉咙里下不去。

姐姐继续说："我很喜欢阿妮萨。虽然我们的妈妈关系不太好，但我们这几个表姐妹玩得很好，以前暑假在老家碰到的话，她总会请我吃冰淇淋，给我买特别大的冰淇淋球。总是她付钱，虽然有时候我也带了钱。她是个好人。那么年轻，那么有文化，她不该就这么死了。任何人的生命都不应该这样结束。"

"这是真主的旨意。"

她叹了口气说："是啊，是真主的旨意。"

我突然觉得小公园很阴郁。树的绿色变暗了，一股尿骚味和呕吐物的味道让空气变得污秽不堪。

"起来走走，好吗？"

"我得回家了，地铁里的假警报浪费了我好多时间。"

她重新捧起我的脸，用温柔的眼神注视着我。

"卡利尔，想一想我跟你说的事。试着跟爸爸和好，他需要你，懂吗？你是他的儿子，他唯一的儿子。"

她的嘴唇小心翼翼地吻着我的额头。她如此深情，如此勇敢，如此美丽。我真想不通为什么那个没教养的丈夫把她给休了。

"求你了，再陪我一会儿。"

她看了一下表。

"求你了。"

她抿紧嘴唇。每次我提出让她为难的要求时，她都会做这个动作。

"好吧，咱们走走。"

我们穿过布鲁塞尔公园，一直走到马格里特博物馆，然后在一个车站分开，她上了有轨电车，我一直走到小尿童雕像附近。世界突然变得如此仄逼，就像套在身上的紧身衣。

三天后，扎哈给我打电话。妈妈从老家回来了。

她对我说："她一回来就念叨你。"

"为什么？"

"什么为什么？这几个月她眼巴巴地盼你回家。"

"我不想碰到爸爸，我和他已经没什么好说的。"

"他也不是时时刻刻都在家里……要不明天吧？他挂了医院十点钟的号。这样的话，他整个上午都不在家……求你了，来吧！你真应该回来看看咱们的妈妈憔悴成什么样了，我看着都心痛。看在真主的使者穆罕默德的份上，来吧！漠视母亲痛苦的人可不是好信徒。"

我向她保证尽量抽时间去。

第二天，十一点，我回到家。父亲一早就去了医院。母亲差点晕倒在我怀里。她亲吻我的双颊、脑袋、肩膀还有手臂。她一边哭一边叽里咕噜念着我不懂的柏柏尔咒语。扎哈一点儿也没有夸大其词——母亲就是一把裹着破布的老骨头。

　　母亲从来就没有漂亮过，卑微的生活更是损耗了她。十六岁被迫结婚，然后就一直生孩子，先是耶扎，再是玛丽亚姆和艾莎，她们俩两岁就得脑膜炎死了，然后是六个月就夭折了的罗卡亚。之后，母亲三次流产，最后一次流产险些要了她的命。后来父亲仍然不顾妇产科大夫的意见，一定要生男孩，这才有了我和扎哈。我的出生并没有让父亲知足，他还想要一个男孩。母亲根本受不了，她担心身体会垮掉。父亲骚扰她，她只得将自己锁在某种"甲壳"之中，对忧伤完全无动于衷。

　　可能是为了避免像母亲那样倒霉，我早早离开了家。和父亲的不和大多来源于此，我恨他恨得要死，恨他把母亲当成牲口。

　　"挨着我坐，我的儿。让我再摸摸你，再摸摸你，让我确信你在这儿好好的，在我身边。"

　　"妈妈，你不是在做梦。"

　　"不对，我是在做梦。卡利尔，你就是我的梦。快告诉我，你现在在干什么，你躲哪儿去了，你现在过得怎么样？"

　　"我在安特卫普实习。我要提高木工技能，将来好自己开店。"

　　"这是当我不存在的理由吗？这又不费事，打个电话就行。我很担心，你知不知道？你一点儿消息都没有，我只能猜，想象着你有各种各样的烦恼，碰到各种各样的意外。"

"他跟我联系过，"扎哈提醒她，"他就是忙。既然今天他回来了，就好好利用这个时间。"

扎哈准备了薄荷茶和甜甜圈。她给我们斟茶的时候，我一直在看四周褪色的墙面、破旧的家具、布满尘埃的窗帘和窗户。我都想不起来这些东西用了多久。可能用了很久很久吧！五十多年前就去世了的哈吉西迪-奥姆兰长老的画像还挂在高处，相框上的玻璃裂了，也没人想着换一块。廉价木制五斗柜上放着一个黑色花瓶，里面插着一束塑料花。

一股难受劲儿在我身体里蔓延，就像被阴沉的雾气笼罩着。

在这间小破屋里，我从来没有开心过。

母亲开始讲这次在老家的情况。外婆得了中风，卧病在床，全族人为阿妮萨的葬礼悲痛，叔伯篡改文书，窃取了属于我们的祖产，另一个姨母的两个儿子乘船偷渡到西班牙时不幸殒命大海……

"好了，妈妈，"扎哈打断她，"里夫山那边也不是只有倒霉事儿。还有人结婚，办喜事，盖漂亮房子，买体育彩票挣钱。"

妈妈欣然承认。找不出好事来说道，她就不说话了。我急着想离开，每一分钟都像一小时那么长。

我从口袋里掏出一些利耶给我的钱。

"妈妈，这是给你的。"

"不用，你留着，你更需要钱。我什么都不缺。"

"求你了，拿着吧！给自己买点想买的东西。我知道，小里小气的爸爸口袋里一个子儿也没有。"

"别这么说你爸。他能力有限，卖菜是很难维持家用的。你应该跟他和解。他不是坏人，他只是不幸。他很想你，你知道吗？他特别希望以你为荣。"

我本想对她说，父亲不过是个没心没肺的东西，但我不想破坏气氛，便竭力把钱塞到她手里。她不好意思，假装推却，最后还是收了。

虽然扎哈一再挽留，我还是没留下来吃午饭。

我一点也不想让父亲拥抱我。

临走前，我到房间里取走了我的身份证、护照、几件衣服还有打折时买的手表。

8

还是没有人召见我。

警察也没有去父亲家。

利耶也音讯全无。

就好像我从来没去过巴黎，感觉我只是做了个梦。醒来的时候，我又变成加入兄弟互助会前的那个卡利尔。变回了从前那个普通人，天黑就上床睡觉，天亮了又盼着天黑。土耳其老板把我压榨到极点，我就是给他打杂的，没有家具要送的时候，他就让我陪他太太买东西。下午七点，他就放下卷闸门，把我关在里面，把门锁死，还不给我留钥匙，怕我趁他不在溜出去。他给我准备了一台收不到什么台的便携式电视，一个装咖啡的保温壶，一个电炉子，还有放在店铺里间的行军床。我也没有要更多的东西。住在这么拥挤的地方，我也不抱怨。失眠的时候，我静静地数墙角上的死蜘蛛，听老鼠在暗夜里发出叽叽吱吱的叫声。要是太过安静让我感到心烦意乱，我就高声背诵经文，给自己作伴，把我的回声当成和我说话的人。

一周就这么过去了，我没看到一个兄弟的影子。我往莫伦比克送过几次家具，两三个卧室的家具，一些斗柜，还有一套书房用的家具，就送到德里斯原来住的那条街，他以前租的单间公寓就在那条街的印刷店楼上。然而始终没看到一个兄弟，阿巴比勒的鸟都飞走了，仿佛地球把它们吞噬了……

没在路上碰到他们，我还挺开心的，希望真主能原谅我。两次经过协会餐厅，我都心如止水。这很奇怪，我一点也不想我的那些教友。要是一个月前，有人告诉我，以后没了这些兄弟，我也能过下去，我一分半秒都不会相信。以前我特别渴望他们的陪伴，我就是他们中的一员，是他们组织里不可分割的一部分。一年多的时间，我和世界上所有人断绝了联系，只和他们来往。再见了酒吧、电影院、足球场和宴会厅！再见了没有加入兄弟互助会的儿时伙伴！再见了昔日的全民团结、土生土长的比利时人和归化的比利时人勾肩搭背一起出去玩耍，坐同一条板凳上吃同一种小吃的景象！为了向首领尽忠，我不得不和过去的生活决裂，否定那些不做祷告的人，蔑视那些不肯资助协会项目的人。现在，不到一个星期的时间，我就可以去给卡菲尔①送家具。更不可思议的是，我给一个浑身酒气的顾客装好大衣橱后还接受了他的小费，虽然小费少得可怜。我两次被警察拦下检查。警察让我出示证件，但没有检查出任何问题，就把证件还给我："先生，您的车里装了什么东西？""家具。""能看一下吗？""当然可以。"检查之后，他们让我继续上路，还祝我一路顺风。

这简直是超现实的情景。

晚上，我躺在床上，试着理清头绪，找到自己的位置。日子一天天过去，还是什么也没有发生。给土耳其老板干活的时候，我必须和异教徒握手，和几乎半裸的女子独处一室，被她当成奴才呼来喝去。我对自己说，这不是我的错，必须找个临时的栖身之所，静待风平浪静。我对利耶心怀不满，因为他让我自生自灭。我经常想起"乌龙炸弹背心"和此前我想到的各种推论，请真主原谅我，我甚至为回到那些人中间找到了一个似乎很合理的借口，因为我被自己人抛弃了，而且还喜欢上了这种违规的感觉。

然而真主对我一再犯错毫不在意。

不过他的震怒很快就要降临到我头上。

午休的时候，我去土耳其烤肉店买了个三明治，正准备吃的时候，手机开始震动。我的孪生姐姐打电话给我。

---

① 卡菲尔（或译卡非勒），源于阿拉伯语，是对不信伊斯兰教的人的蔑称。

"你对耶扎做了什么？"她问我。

"什么也没做。怎么了？"

"她都快疯了，要你立刻给她打电话。"

"出什么事儿了？"

"她只说让你立刻给她打电话。你会有大麻烦。"

"你有她的手机号码吗？"

"她没有手机，给她打座机。她在家，你处理完她的事，给我回个电话，我要知道事情的经过。"

我走到街上给耶扎打电话。电话响了一声，她就接了，吼声差点震破我的耳膜。

"你给我听好了！现在是下午一点二十八分，我会安安静静吃完午饭，然后回去上班。要是我回来的时候，你那堆破玩意儿还在的话，我用妈妈的性命发誓，我会亲自把那堆东西送去警局，亲手交到警察局局长手里。"

"你在说什么？"

"你藏在要扔的东西里的破玩意儿。"

"什么破玩意儿？"

"从来没有人来过我家，除了你。"

她怒气冲冲地挂断了电话。

冷汗如同死神浸透我全身，我必须靠着墙才不会倒下。老板隔着窗户看到我这副模样，皱起眉说："卡利尔，有什么烦心事儿？"

过了一会儿，我才回过神，喉咙干渴，呼吸急促，吞

98

咽困难，双腿快要撑不住自己的重量。

"能把车借我用一下吗？我有急事。"

"我还没还完车贷。"

"求你了，这事儿事关生死。"

"对不起，我连儿子都不让碰这辆车，这车贵得要命。你需要我帮你叫辆出租车吗？"

我两手撑头，必须马上找到解决方案。耶扎不是开玩笑的。

我给拉扬打电话。

他说："我在办公室，不能溜班。"

"这事儿特别严重。"

电话那头一阵沉默。

"你在听吗？"

"我想想。"

"我需要你马上过来。"

"我来想想办法。"

"你要做的就是开上你的车，到我老板的店里来接我。这事儿事关生死。"

拉扬到的时候，在路边等待的我几乎要昏倒。

我跳上车，求他立刻开车。我脸上的表情让他极度不安。

"什么事情事关生死？"

"不要问我话，我的脑子里现在有一盆火。我们快去蒙斯。"

我们要离开到处堵车的布鲁塞尔。每个十字路口、每次减速都让我愈发紧张。我诅咒红灯，诅咒乱开车的人，诅咒慢悠悠开车的老头。直到上了E19高速公路，我的呼吸才缓过来。

我完全没有发现自己每隔两秒就会看一次手表，手指不断敲击驾驶台，都已经失去了知觉。

"卡利尔，你把我搞得好紧张。发生什么事了？"

"是我的大姐。她抑郁症发作，吵着要自杀。"

"妈呀！"

拉扬双手紧握方向盘，不停地超车，不时请我保持冷静。我听不清他在说什么，目光牢牢锁在手表的表盘上。

不到一个小时，我们就到了蒙斯。拉扬把车停到姐姐家楼下。我太心急，没等电梯来就钻进楼道，三步并作两步，爬到六楼。姐姐不在家，我赶紧去找那堆旧物。炸弹背心不在我之前藏的地方。我感到大祸临头，眼睛看不清东西，只能听到心脏在胸腔里跳动的声音。耶扎已经把炸弹背心送去警察局了？不，不，不，她不能这么对我。现在才下午三点三十分，我还有时间。我在房间里找，两次经过厨房，这才看到放在洗碗池里的炸弹背心。一股纯净的空气进入体内。我在抽屉里找到一个布袋，把背心装进去，飞奔下楼。匆忙间，我忘了关门。

拉扬看着我这么快就出来了，很是惊讶。

我把布袋扔到后备厢就上车了。

"怎么样？"

"她不在家里，邻居说大概一小时前她被送去医院了。"

"医院在哪儿？"

"咱们不用去医院。我姐姐现在有专业人员看护，我猜她现在在重症监护室。回布鲁塞尔吧，我还得去安抚家里人。"

"你可以打电话安抚他们。我觉得，你应该去看看你姐姐，了解她的身体状况，跟医生谈一谈，我不知道还有什么。你不能大老远跑来什么都不干。"

"我跟你保证不用费这个劲。她现在在医院，我就放心了。医生能告诉我的，我都知道。耶扎不是第一次跟我们来这套。"

拉扬摊开双臂，发动汽车。我的态度让他震惊。

离开蒙斯后，他一言不发，车开得不快，脑子在想别的事，偶尔神情呆滞地晃脑袋，然后微微抬起下巴，直勾勾地看着前方。

在距离布鲁塞尔还有四十多公里的地方，他终于转头跟我说话。

"你介意我去见一个客户吗？他欠我钱。"

"一点也不介意。"

他对我表示感谢，然后从第一个出口下了高速。我们在国道上行驶，经过一个村庄，开到了原野中央的十字路口。拉扬犹豫了一下，然后选了条乡间小路，这条细带般的柏油路与小河平行，河岸边杂草丛生。除了远处的农场，这里什么也没有。没有人住在这附近。

拉扬把车停在路边。

"你的客户住哪儿？我看这儿没有住人的地方。"

"我觉得后轮有问题，你没发现车子往左偏吗？"

"没有。"

"不用动，我马上回来。"

他下了车。

我听到他打开后备厢。

过了一会儿，看他没有动静，我转头去看他在干什么。拉扬站在车尾，我只能看到他的肩膀。

"严重吗？"

他不回答。

我很好奇，往车外迈了一只脚。

拉扬双手撑在后备厢上，面色煞白，一脸震惊。他抬头看我，眼中充满了恐惧、憎恶和怀疑。

"婊子养的！"他破口大骂，脖子上布满了凸起的青筋。

这是我平生第一次听到拉扬骂脏话。

"事关生死，嗯？"

我的袋子在他脚边，敞着口，炸弹背心都露出了一个角。奇怪的是，我毫无反应。可能几个小时前我姐给我制造的恐惧已经耗尽我的情感。

"打你从那栋楼里出来，我就一直在琢磨。太明显了，你飞快地赶过来是为了取这个袋子，不是为了救你姐姐。我一直在想里面装了什么。毒品？钱？偷来的贵重物品？我什么都想过，万万没有想到是这个。"

"拉扬，不是你想的那样。"

"我看到的就足够了。"

"让我跟你解释。"

"解释什么？"

他晃了晃千斤顶，说：

"你要是再靠近一步，我就砸烂你的脑袋。往后退，后退……"

我双手高举过肩，做出投降的姿势。

他冲我大喊："为什么？为了去永生花园吗？真正的花园就在你身边。你看这村庄多漂亮。鸟儿在树上歌唱，你可以在田野上撒欢奔跑，跑到没有力气瘫在地上。你要是还是高兴不起来，就等春天来临。可你的脑袋里在想什么？"

"拉扬，我向你保证，是你搞错了。"

"五分钟之前，是我搞错了，我错看了你。现在不是了。你去巴黎不是为了劝阻德里斯干傻事。我相信了你，因为要是我是你的话，我也会这样做。可你去巴黎不是为了给这个全身绑着炸药的傻子拆弹，你是跟他一起去搞爆炸。"

"可我放弃了。你可以摸摸我，我还是个有血有肉的大活人，我没有杀人。"

"这，只是你的一面之词。"

"我向你发誓，这是实情。我没有杀任何人。"

"不，你杀了人，卡利尔，你杀了你自己！你回来找这堆能把我们置于黑暗之中的东西的时候，你就把自己给杀了。"

"你为什么不听我解释？我被人用刀架着脖子。我向你发誓，我不想去巴黎。我现在能站在你面前不是因为我泄气了，而是因为我不想滥杀无辜……我不是杀人犯。我现在有生命危险，**他们到处找我**。"

他轻蔑地看着我，摇着头，恶心得说不出话来。

"牲口！小人！蠢货！你怎么跟那些杂碎成了同伙？我真不敢相信。我竟然留宿了一个自以为是英雄的下作恐怖分子。（他往地上吐了口唾沫，扇了自己一个耳光。）我怎么这么瞎？我觉得自己很可悲，很恶心。"

他一把关上后备厢，上车去了。

"你不会把我扔在这里吧？"

"滚开，蠢货！"

"你要告发我吗？"

"你给我滚！"

他发动了汽车。

我跟在车后跑，拉扬加速往前开，我只能停下来。

他消失在路的尽头。我往回走，捡起布袋，走到路下面的沟渠旁边，找了个洞把炸弹背心埋了。

第二部
敢死队队员的
C小调协奏曲

　　有人对他们说："你们不要在地方上作恶。"他们就说："我们只是调解的人。"真的，他们确是作恶者，但他们不觉悟。

——《古兰经》第二章，黄牛，11—12节

9

天空变得阴沉，寒风像刀一样劈向我的脸。

我穿过田地，避开大路，免得有人看到我出现在这里，心生怀疑。我漫无目的地走，满腹愤懑，脑子里涌动着可怕的假设。我应该回布鲁塞尔还是赶紧逃到国外？我真的不知所措。

远处出现一个小镇。

我赶紧朝那儿跑去，希望能找到交通工具。

大客车把我带到圣吉尔客运总站时，天已经黑了。我打车去了埃瓦尔街，然后待在附近的街角，暗中观察店里的情况，提防警灯或是警笛出现。土耳其人在店门口焦急等待。我的手机屏幕上显示有八个未接来电，五个是他打来的，另外三个是扎哈。

通常，我们晚上八点关门，现在已过了八点。拉扬打电话报警了吗？有埋伏在等着我吗？……

大家都在忙自己的事。在我头顶，一个男子在自家阳台抽烟，他扔掉的烟蒂正好落在我的脚边，他用手势向我道歉。

土耳其人掏出手机，我的手机开始在口袋里震动。我没接电话，于是他熄灭店里的灯，去停车场取车了。

我还是躲在角落里，一直等到九点，还是没看到警车，也没有例行巡逻的车。细雨在我的外套上留下了斑斑点点，我这才意识到自己快要冻僵了。

我搭乘有轨电车来到库克尔贝赫大教堂。在埃尔克利耶大街和热特道附近，没有任何可疑动向。夜晚沉闷的噪声笼罩着我父母住的那栋楼，一楼的邻居老菲利普正在遛狗，一群小年轻聚在亭子里聊天，两个男人正在检查一辆破旧汽车的发动机，我听到他们使用活络扳手的声音。几公里外巴尔丹兄弟的小餐馆飘来啤酒和炸薯条的气味。

我家的百叶窗是开着的，不过没有人影出现在窗边。

我上了一辆公交车，去那间废弃的小作坊。车到不了那个地方，我只能在离那儿最近的一站下车。天越来越冷。我顺着街往上走的时候遇到了莫卡。六十多岁的他坐在路灯下，裤腿卷到膝盖上，腿肚子上有一大片擦伤。

"一个骑自行车的把我撞倒了，"他对我说，"他不仅没停下来，还把我当成老不死的东西。我像老不死的吗，我？"

我蹲下来查看他受伤的小腿。

"看上去不太严重。"

"也许吧，不过很疼。"

"你能走路吗？"

我扶他站起来。他原地跳了跳，让腿往各个方向转了转。

"怎么样？"

"我动动脚指头，看来我的腿没断。"

"你需要我送你回家吗？"

"那太好了。"

莫卡住的小破房子紧挨着一栋冬日般灰白的建筑，以前那里是间缝纫店，附近的人把衣服送来迁边、修改大小。裁缝是位瘦削的老先生，背驼得像垂柳，耳朵里尽是毛，眼镜片特别厚，以至于眼睛看上去像是好几个叠在一起了。这个人很怪，总是悄无声息，一言不发，他的身影在店里幽暗的光线下像极了幽灵。以前，我总在想，他怎么能在如此昏暗的环境下做缝纫活儿。他看上去像是吃不饱饭，可能因为他总是让最穷的客人赊账，自己却总是按时还钱。我和扎哈经常去他店里，让他缝补爸爸的衣服。进门的地方放着一个糖果罐，我常常趁老头转身，迫不及待地伸手偷糖。姐姐总是用眼神反对我的行为，还威胁要把这些告诉爸爸，不过她从来没有这样做。我对她耸耸肩，往口袋里装酸甜口味的糖果，之后就飞奔去找曼苏哈，把糖果献给这个十岁的害人精，我当时特别喜欢她。

后来，一些不三不四的男孩在附近的死胡同里安营扎寨，老裁缝和他们不对付。一天晚上，他把卷尺剪刀全部装箱，从此消失不见了。

我不知道莫卡是怎样占下这套房子的。

屋子就像个杂物间，没有一样东西在它应该出现的地方：冰箱紧挨着床，电炉子接在快要坏掉的插座上，书和杂志堆得满地都是，一个塞满了空袋子的箱子抵着门，四腿不齐的桌上还有一堆剩菜剩饭等着收拾……

"你多久没开窗通风了？"

"天太冷了，"莫卡说，"我家没有暖气。"

"你在这个臭烘烘的破屋子里会被熏死的。"

他耸了耸肩：

"嗨，到了我这年纪，还有什么好收拾的？……你找个地方坐。要是饿了，家里应该还有奶酪。"

"今天的晚饭，我请。"

我去土耳其烤肉店买来三明治。

回来的时候，莫卡用布头把小腿包起来了。他只是受了点表皮伤，可非要弄得像是打仗回来的伤兵似的。

"现在的年轻人，太不尊重人了，"他一副苦相，"他们从你身上碾过，好像没看见似的。我好好地过马路，啪！被撞得四脚朝天。他应该按铃，结果没按，把我结结实实撞了一下，然后就像什么都没发生似的走了，把我当成老不死的东西。你想想看，我，老不死的东西？好啊，太好了，现在这个世界。"

我没打算听他吐苦水。

"我在你家过夜的话，会给你添麻烦吗？我爸把我赶出来了。"

"那我太开心了。"

"你不必勉强。"

"卡利尔，你就当这儿是你的家。我特别需要人陪，你愿意住多久就住多久。我有一个没用过的睡袋。"

他打开三明治包装，正准备吃的时候，摇了摇头，眉头紧缩。

"我很想孩子们，"他承认，"自从清真寺里传出我是变态的谣言后，就再没有孩子找我玩了。"

"我听说了。"

"让我难过的是，没有一个人出来为我辩解。大部分'大胡子'小时候都跟我玩过，他们知道我不是恋童癖。他们喜欢听我讲故事，还让我再讲……"

为了转移话题，我问他："这些书，你全都读过？"

"你说呢，我给你们讲的那些冒险故事都是怎么来的？"

他伸手去够一个盒子，从里面掏出几块姜饼给我。

"米蕾耶·奥斯特牌的，特别好吃。是卡西姆从斯特拉斯堡给我寄来的。"

他吃了口三明治，接着说：

"卡西姆，他倒是维护我。他是唯一想着我的人，偶尔还给我寄点钱。我真是为他骄傲。你知道吗，他现在是一个欧洲议员的助理？你想想看。以前没有人看好他。"

"他就是个跑腿的。他的工作就是给老板买咖啡，给老板撑伞。"

"你为什么这么说？"

我没有回答。实际上，我连卡西姆是谁都不知道。

我在座垫塌陷的扶手椅上坐下，被我惊扰的大蟑螂匆忙跑向一台60年代生产的老式收音机后面躲着。

"他们为什么在清真寺里散播针对我的可怕谣言？我把孩子们当成自己的儿子。喜欢孩子是一种罪吗？"

"不是罪。"

"他们在清真寺里对孩子做的事才真是罪。"

"你从来没去过清真寺，莫卡。你不知道他们在里面干什么。看，你也无端指责别人。"

他做了一个表示厌倦的手势。

"你说的对。现在，大家对任何人都可以说三道四。要说以前，可真是个好时代。"

"我们太渺小，猜不透世上乱七八糟的事。"

"我不同意。以前，不会老是听到这些恐怖的事情。大家互相问候，打听彼此的近况。现在，在路上遇到送葬的队伍，大家连停都不会停下来。"

他从冰箱里拿出半瓶苏打饮料，转向我：

"想起德里斯，我就难过……他是你的朋友。你事先知道他要做的事吗？……你肯定不知道。谁也没想到他能干出这么恐怖的事来。"

他没把饮料倒出来喝，而是把瓶子放回冰箱，额头上的褶皱越来越深。

"我真搞不懂他为什么干那种事。"

"每个人都有自己的义务，莫卡。"

他摇摇头：

"卡利尔，义务就是活着和让人活着。没有什么比生命更宝贵，任何人都无权剥夺。"

"你还记得阿马杜，住在迷笛街的那个小黑人吗？"

"当然记得，我有段时间没看见他了。你有他的消息吗？"

"他在车祸中死了，当时他开着一辆偷来的车，警察在后面追他……我在想，要是他没被别人伤透了心，他会变成什么样的人。也许会成为足球巨星，大俱乐部争着出高价买他。然而最后，人们用焊枪把车切开，才把他从那辆破车里拽出来。你知道为什么吗？就因为一个词……一个可悲的词。我们当时都踢足球，那时候我们多大？十二三岁？一个种族歧视的大高个，吃饱了撑着的看门狗不让我们进更衣室。他怀疑我们翻其他球员的背包。阿马杜是球队的正式球员，提出抗议，结果看门的把他推到墙上，说，'滚回老家去，你们这两个基孔肯雅病[①]。'盘球天才阿马杜梦想着有一天能披上红魔队的队服，然而这件事以后，他就像变了个人。"

莫卡撇嘴，并不相信：

"你的控诉，没什么说服力……死于意外和死于恐怖袭击不一样。"

"重要的不是怎么结束的，而是怎么开始的。微不足道的小事就能毁人自尊。于是，人就废了，情况急转直下。看上去不足挂齿的小事毁掉了你存在的全部意义。莫卡，没有国籍的人最脆弱。"

"据我所知，阿马杜出生在莫伦贝克。"

"时时刻刻被人按照肤色区别对待，这让他觉得自己和其他比利时人不一样。德里斯也这么觉得，我也是，还有所有来自其他地方的贱民，他们被关进'无权利区'，要是胆敢走出牢笼，就会被指指点点……那些人根本不在乎言辞过激给人带来的灾难。真正的罪犯不是在人群中自爆的人，而是使之成为可能的人。所以，请你不要匆忙对德里斯下结论。"

"总不能因为一个种族分子说了些蠢话就去滥杀无辜吧？"

"莫卡，你这是要赶我走吗？"

---

① 基孔肯雅热是由基孔肯雅病毒引起，经伊蚊传播，以发热、皮疹及关节疼痛为主要特征的急性传染病。

"我完全没有这个意思。"

"那就换个话题。这个，真让人听不下去。"

第二天，我的孪生姐姐打电话告诉我，拉扬妈妈到访，把我留在她儿子家里的东西交给了姐姐。

"你要我把这些东西带给你吗？"

"我这两三天在安特卫普。把东西放在伊萨的面包店……拉扬妈妈，她当时什么样？她进屋看妈妈了，还是把我的东西放门口就走了？"

"她还像以前那样，进来待了半小时左右，和我们一起喝喝茶，聊聊老家的事情。那边情况不太好，你知道吗？那你呢，你和耶扎的事怎么样了？你给她打电话了吗？"

"打了。"

"她为什么那么生气？她对我一个字都不肯说，只说这是你们两个之间的事。"

"她就是疯了。"我简单粗暴地回答她。

我回到埃瓦尔街，继续暗中观察。没有警车停在土耳其人的店门口。晚上，我去那间废弃的作坊碰运气，希望能遇到建筑工拉姆丹或者其他兄弟。一无所获。

第三天，我紧握双拳，鼓足勇气，重新回到店里。我已经厌倦了在一个无法给我任何安慰的平行世界里游荡。老板没有给我脸色看，照单全收了我姐姐企图自杀的故事，然后马上给我派活儿。

一周后，一个年轻人出现在店里。他买下一张单人床、一个床头柜还有一个衣柜，他用现金结完账后请我立即跟他去家里装家具。

"不要你的货车，我有车，"他说，"这样我就可以不付送货费了。"

小伙人不错，看上去像个读书人，戴着大学生的眼镜，剪了个平头。他家住在独栋别墅区尽头的一栋普通楼房里。他帮我把家具卸到三楼的一个小两居室里，然后在客厅等着我把床和衣柜装好。

当我收拾工具准备走的时候，我听见身后有人问：

"你觉得新的秘密基地怎么样？"

这个声音！大概就是穆安津的召唤。

我跳了起来。

利耶站在门洞里，脸刮得干干净净，穿着一套红黑两色的运动衣，显得脖子很短。没了大胡子，我一时没有认出他来。重逢让我开心得连螺丝刀都握不住……谁说我可以离开兄弟们生活？无稽之谈。我曾试着让自己相信没有他们我也能活下去，利耶再次出现让一切恢复如常。我的疑虑、困惑、绝望瞬间灰飞烟灭。心跳快得让我难受。我不再是一叶孤舟，而是已经回到自己的轨道，回到如鱼得水的地方。利耶张开双臂给了我拥抱，他那巨人般的怀抱几乎把我吞没。

　　抱紧我的埃米尔就像把幸福稳稳抱在怀中。我又闻到自己人的味道，感受到他们的体温和极具传染力的热情。我终于放松了，安心了，获救了，圆满了。这四种感觉同时占据着我，我埋怨自己居然认为自己不会想念兄弟们。

　　利耶把我推开一些，好仔仔细细地看我：

　　"你过得很不错。看来，你比我们混得好。"

　　"你们都去哪儿了？"

　　"你说呢？"

　　"我都开始绝望了。"

　　"不应该。"

　　"我完全被抛弃了。"

　　"我们一直远远地关注你。"

　　"我怎么没感觉到？"

　　他请我坐下，可我更愿意站着。重逢的喜悦很快就消散了，几个星期来的担惊受怕、孤独时内心深处的抱怨重上心头。

　　"你们应该给我一点儿暗示。"

　　"我派了拉姆丹去见你。"

　　"你派了个传话的，他都没给我找个像样的地方住。"

　　"他把协会的小作坊给你用了。"

　　"一间废弃的作坊。"

　　"里面有水有电。"

　　"但是没有暖气。我睡在纸箱上面。"

他双手按住我的肩膀，让我坐在刚刚由我装好的床上。

"我给你捎了一笔钱，足够你买台电炉子和被褥……好了，我们不要为这些小事伤了和气。最近这段时间，谁的日子都不好过，我自己也在好几个地下室躲着。我得提醒你，我们现在是在打仗。"

打仗……11月13日夜晚的场景在我脑海中闪现。巴黎的警笛声在我耳畔回荡，使我的脉搏加速，无数根刺穿破了我的皮肉。

当我听到自己说下面的话时，我都没辨认出自己的声音：

"地铁里全是人，我本来可以把他们全杀掉。我用力按那个按钮，手指都要按破了，但什么也没发生。"

"我们知道事情的经过。"

"可我不知道，你们得给我一个说法。"

"谢赫会在合适的时候向你解释。"

他做了个手势，让在客厅里候着的小伙进来。

"我给你介绍一下哈迪，从突尼斯来投奔我们的兄弟。从今天起，他就是你的室友。以后你们有的是时间互相了解。"

"我什么时候能见到谢赫？我们得澄清乌龙炸弹背心的事。"

利耶狠狠瞪了我一眼，咬牙切齿地说：

119

"不要在这件事上纠结，卡利尔。"

"这事让我发疯。你们要是看到我在巴黎的样子就好了！那个城市，我从来没去过，身上没带任何证件，而且身无分文，每条街上都设置了关卡。要是出现意外，我连抹脖子的刀都没有。别人逮捕我的话，我该怎么办？"

利耶让突尼斯人去给我们买点吃的。突尼斯人一走，埃米尔就向我吐露隐情：

"那是一件训练用的背心。"

"训练用的？"

"对，一个教学工具，教那些初学者制作炸弹背心。肯定是有人搞错了，把这件背心放错了地方。本来应该有人检查的，但是没有做。这很不应该，但也已经这样了。谢赫会向你道歉，他打算专门接见你一次，让这不幸的篇章翻过去。"

"什么时候？"

"尽快吧！敌人的情报部门正在大扫荡，想迅速破坏沙姆①组织，这说明有人泄露了消息。我们这一组倒是没有受到牵连，不过我们必须保持警惕。清真寺已被敌人渗透，在我们经常活动的地方也有敌人的眼线。"

我双手抱头，思考，可是脑袋里乱成一锅粥，怎么可能想清楚事情？乌龙炸弹背心的说法困扰着我。利耶版本

———————

① 沙姆，阿拉伯世界对地中海东岸整个黎凡特地区或大叙利亚地区的称呼。

里的一些东西让我想起拉姆丹的那套说辞，他们俩都让我觉得高深莫测。"我们知道事情的经过。"怎么知道的？谁向他们报告了我在巴黎行动失败？没有人，除了我自己，没有人知道地铁里发生了什么。我一直担心他们把我当成胆小鬼，心急如焚等着解释的机会，想为自己的行为辩护，高举那台烧了机的手机，只希望自己被相信，被洗刷冤屈。而他们，他们只是在道歉，感到惋惜，想让这不幸的篇章翻过去。太轻描淡写了吧？

我感到利耶的目光像弯刀一样架在我的脖子上。

我恢复了镇静。

"他们怎么辨认出德里斯的？"

"他以前有案底。"

"我在想……"

"卡利尔，你的问题太多了，"利耶打断了我，"这样不好。至于德里斯，警方坚信他是沙姆组织的成员。除了他母亲，我们这边所有人都没被牵连，协会也没被搜查。当然，我们的清真寺肯定受人监视，但是没有任何确凿证据把我们的清真寺变成优先调查的目标，它只是和普通宗教场所一样被监视。"

我站起来开窗。我快要喘不上气来，冷空气让我清醒了一些。我大口吸气，呼气，吸气，这才发现手在颤抖。重逢的欢笑骤变成充满敌意的追问，这让我身心俱疲。我撑在窗台上，以免倒下。远处空地上，一群流浪汉在油桶里生火，伸手烤火，衣衫褴褛，站在那里，活像地狱之门附近的受苦之人。

"卡利尔，有哪儿不对吗？你挺过了特别艰难的时刻，我不否认。可是一个时刻准备自我牺牲的信徒怎么能这样？快点振作起来。要是让疑问在信念中生根发芽，恶魔很快就会出现在你身边，然后你会突然发现自己正在吃自己的肉。"

……

"卡利尔，转过来。我要看到你的眼睛，看看是什么在困扰你的灵魂。"

我没有转身的力气。

利耶用力抓住我的肩膀，强行把我转过来，直直地看着我的眼睛，目光犹如致命的探针。生平第一次，我对这个儿时伙伴、人生导师和埃米尔感到害怕。

"你在想什么？"

我必须马上找到托词，因为命运已经不在我的掌控之中。

我生生压住顶到喉咙的那团异物，说："司机阿里，你信得过他吗？"

"你担心的是他？"

"还有谁？……那家伙还不如毒蛇可靠。你要是看到他在圣德尼放下我们就走的样子就好了。他特别着急地走了。炸弹背心出了问题，我给他打电话，让他回来，带我离开那个是非之地，他让我直接打进了电话留言箱……我敢肯定要是他被抓了，肯定什么都会说出去。"

"你不该给他打电话，卡利尔。这是违反规定的。不过，你放心，阿里不会给我们造成任何威胁。至于你，现在你既没有被通缉，也没被警方怀疑。再说，你还有个无懈可击的不在场证明。13日到14日晚上，你在布鲁塞尔。"

"你们应该给我找个更好的证人。我和一个已婚妇女，还是几个孩子的母亲乱搞男女关系？就像我真的犯了淫罪似的。"

"你的使命比自尊心这个小问题重要得多。这是我们为你选的不在场证人。你应该服从，没有商量的余地。我们的兄弟有的是餐馆服务员，有的是夜总会保安。在真主眼里，他们和站在经坛上的伊玛目一样纯洁。所以，请你不要比国王更像保皇派。你是整个计划的一部分，其他东西，你就用石灰盖上吧！从现在起，你住在这里。这个地方很清静。你尽量保持低调，在接到新的命令前，你完全可以继续在土耳其老板那儿工作，不过你不必在店里值夜班了。一切顺利的话，我们两三个月后复工。我们有好多工作要做。下次派你上前线，我们一定会仔细检查你的作战装备。我希望你依然愿意出征。"

"比以往任何时候都愿意。"我没有片刻迟疑就回答了他。

10

当我告诉老板我决定不再做守夜保安时，他没有任何异议。他甚至很开心，因为可以少给我工钱。后来，我和他相处得不错，偶尔会在他的办公室吃点心，聊聊天晴下雨。有时，他会把店里的钥匙留给我，然后开着他的高级越野车去显摆。我觉得他简直为车疯狂，每天花大把时间伺候车，从头擦到尾，往车厢里喷香水，在驾驶台和皮座椅上寻找细微的灰尘。苏莱曼喜欢把锃亮的战车停在店门口，让行人和邻居看得真真切切。

我真替他难过。

华而不实比自我陶醉更粗俗，招摇显摆比亵渎神明更荒唐。

老板的出格行为并没有影响我尽职尽责地完成工作。

我坚持每天填写送货记录，每笔进账都精确到生丁[1]，我还主动接单，像经营自己的生意一样和顾客讨价还价。一开始，土耳其人还仔细核对账目，在计算器上按个不停。现在不了，他就看一眼，装装样子而已。偶尔他的儿子，二十二岁的懒骨头在钱柜附近转悠，我就直接把他推开。

　　每天晚上，我都能见到室友哈迪。他的话不多，不过当他必须说点什么的时候，他总能说得头头是道。拉姆丹说，这个突尼斯人正在玩命读书拿文凭。关于他，我只了解这么多。他的过去、思想的转变、在组织里的作用都是保密的。一天晚上，我们一起看德国纳粹夺权的纪录片，他质疑官方说法，信誓旦旦地说阿道夫·希特勒没有自杀，而是在二战结束三十五年后在阿根廷南部去世的。事实上，我根本不在乎元首怎么死的，但是我愿意相信室友的各种理论。他知道很多西方政治内幕、国际关系上的钩心斗角、地缘政治，中东局势、卡扎菲之死还有世界新秩序，这种新秩序正在重新规划殖民时代遗留下来的国家版图，奴役二等民族，掠夺他们的财富。他可以滔滔不绝，连续讲上两个小时，气都不带喘的，然后在接下来的几天，沉默不语。有时，我觉得自己和幽灵住在一起。哈迪总是在看书，只有祷告的时候才把书放下。祷告，他一次都不会落下。他的苹果手机上有一个穆安津召唤的应用程

---

① 100生丁等于1欧元。

序。只要召唤一响，他就立刻站在做祷告的毯子上，面朝东方。他会选最长的经文，然后长时间跪在那里。在宗教问题上，我觉得他有点偏激，像双刃宝剑一样锋利，不过在生活上，他很随和。我们一起分担家务，他负责打扫，我负责做饭。我比他更爱看电视，而他对我唯一的要求，就是在他看书的时候调小电视机的音量。

然而，一天早上，把他当成圣人的我撞见他把避孕套放到浴室的小药箱里。他对我的义愤填膺很是惊讶：

"我只是解决生理需求。"

"你没有这样的权利。"

"不，我有，你也有。我们注定要献出生命。为什么要在世上留下一个寡妇和几个孤儿？教令中有一条准许我们享受肉体之乐。"

"你是说享乐婚姻吗？"

"享乐婚姻是不知羞耻的人对教义的歪曲，是其他派系为了让婚外私通合法化耍的低级手段。这和为你我这样的战士破例完全不同。当然，有的人会克制自己，这种人比屈从合理的生理需求的人更受人尊敬。"

至于我，我宁愿克制自己。

哈迪约会后回家的时候，我总想套他的话，因为我受不了他的沉默，总想跟他说点什么。而他只是笑笑，不让我满足好奇心。

　　萨迪克伊玛目在家中被逮捕，他将被驱逐出境，引渡到摩洛哥。广播里电视里全是他的新闻，电视台的演播室里，专家、资深记者、人权斗士还有政界红人轮番上台，有的支持遣返，有的反对。摩洛哥方面表示抗议，拒绝接收这个被取消国籍并且已经取得比利时国籍的"狂热分子"。

　　我听了伊玛目的律师在电台节目里的发言。节目里充斥着争吵和谩骂。

　　我们的队伍进入警戒状态。

　　兄弟互助会的场地不是警方搜查的目标，不过我们还是减少了工作人员，只留下妇女、厨子和一些根本不会引起怀疑的志愿者。

　　利耶，我们的埃米尔让拉姆丹临时接替他的位置，然后逃得不见踪影。

　　拉姆丹是那种机会主义者，让他看管一条狗，他会立刻占下整个狗窝。他还真把自己当领导，控制了后勤，为鸡毛蒜皮的小事随便召见下面的人，还专挑让人为难的时间段。要说判断力，他连又老又残的狗都怀疑，而且把所有跟上级的谈话当成丰功伟绩，立刻大肆张扬。他想让我们认为他和谢赫走得最近。显然，他在撒谎。拉姆丹就是个管不住嘴的勤快奴才。通过他，我搞清楚了谢赫和埃米尔是怎样了解到巴黎地铁里的情况的。

　　他回答我说："就因为什么事儿都没发生，所以里面肯定有情况。"

他告诉我，2015年11月13日晚上到14日凌晨，谢赫、利耶埃米尔与萨迪克伊玛目及其女婿聚在沙勒罗瓦他姐夫家。他姐夫是房地产开发商，我的新住所就是拜他所赐。他们六个围坐在餐桌旁，不过谁也没碰那顿丰盛的晚餐。电视新闻持续报道巴黎大区发生的恐怖袭击。

"我们当时特别担心。计划在体育场内实施的袭击没有发生，利耶搞不懂为什么我们的'特别行动队员'（他用手指比画着对这个称号的双引号）在球场外引爆了炸弹。行动看来失败了。萨迪克伊玛目请我们重新净手，为你祈祷。你是我们最后的希望。后来，电视画面转到巴塔克兰剧场和共和国广场附近的露天餐厅，又回到圣德尼发生的不算成功的恐怖袭击，然而始终没有地铁里发生重大事件的消息。到了深夜两点，还是什么消息也没有。利耶认为只有两种可能，一种是你临阵脚软，另一种是警察把你逮捕了。这两种情况下，我们都会有危险。谢赫下令立即解散，大家各自找地方躲起来。"

"我给司机阿里打过电话。"

"我们禁止使用电话联系。阿里既不能去接你，也不能回你的电话……恐袭发生后的头几天，消息全面封锁。我和谢赫藏在沙勒罗瓦的一个安全点。因为你没有活着的迹象，所以我们都认为你被抓了，警方正在秘密的地方拷问你，好顺藤摸瓜找到我们。直到炸弹制造师告诉我们你去找过他，我们才知道你回到了布鲁塞尔，明白了为什么在巴黎地铁里什么都没发生，我们才知道不是你的错。我不得不说，那一刻我们都松了口气，可是必须尽快找到你。我被派去找你，后来我终于找到了你。这就是整个事情的经过。"

"你们之前认为我变节了？"

"刚开始是的。"

"我看上去能干出这么可耻的事？"

"卡利尔，别想歪了。在那种情形下，要预想一下最糟糕的情况。否则，怎么采取必要措施？不过，你还在，还和我们一起，像以前一样坚定。我敢跟你保证，谢赫加倍为你感到骄傲，因为你在孤军奋战的时候既有勇气又很冷静。"

他伸出双臂把我抱住，用力在我的额头上亲了一下，通常只有组织里的大人物才用这种方式表达敬意。

我终于觉得侵蚀五脏六腑和大脑的毒液被清除了。然而，对"教学用的"炸弹背心的疑问依然没能解除，虽然造成我在巴黎行动失败的不幸误会成了一桩悬案。我承认我穿的炸弹背心是给初学炸弹制作的人用的样品，但怎么解释里面装了真炸药？

最终，萨迪克伊玛目还是被驱逐到摩洛哥。

哈迪预言："他一下飞机，阿特拉斯山①的豺狼就会把他生吞活剥。"

"我们一定要报仇！"拉姆丹信誓旦旦地说。

我坐在家具店附近的小店里喝咖啡。几个热衷于赌马的人在东拉西扯地聊着天。一个年轻女孩在街边抽着烟，和一个瘦高个儿的黑人争吵。在吧台边上，两个退休老人因为一匹马的表现闹了起来。吧台服务员建议他们给一匹叫"跳跃者"的母马下注。在他身后，他的太太一脸阴沉地擦拭酒杯。

平板电视上正在播放马戏团的报道：濒于破产的马戏团，关在笼子里的瘦弱动物，一个小丑演员抱怨工作条件太差，围着他的一群杂技演员点头同意他的说法。报道突然中断，画面转到新闻演播室。女主播说有紧急情况。

一位客人大喊："声音开大点！"

吧台服务员摁了一下遥控器。

女主播将画面交给出镜记者。记者手持话筒，转向小尿童雕像，雕像周围已经拉起了警戒线，还停着好几辆警车。持械警察拦着好奇的群众，不让他们靠近。

"初步判断，这是一起恐怖袭击，所幸没有造成人员伤亡。"记者说，"一名男子试图刺伤两名警察，根据目击者

_____

① 阿特拉斯山，非洲西北部山脉，阿尔卑斯山系的一部分，横跨摩洛哥、阿尔及利亚、突尼斯三国。

的描述，此人大概三十来岁，挥刀冲向两名警察，警察只得开枪射击。袭击者已被送往最近的医院。警方表示，袭击者只是受了伤。"

吧台服务员脱口而出："蠢货！竟然举着折叠刀叫着喊着攻击全副武装的警察。这还叫出其不意！"

"这样一来，世上又少了个蠢货。"一个退休老人嘟嚷着说。

我起身回家具店。

第二天，这位兄弟的照片上了各大报纸的头版。《晚报》的标题是"在小尿童雕像旁发动袭击的敢死队队员"。警察局局长说，这位袭击者此前并无案底，他在救护车上因伤势过重死亡，身上穿着炸弹背心。

我实在搞不懂这是怎么回事。

晚上十二点，拉姆丹给我打电话。我已经睡了。

"但愿我没有吵醒你。"

"晚了，你刚刚把我吵醒。"

"你的店几点关门？"

"晚上七点。"

"好。明天，我派人晚上七点准时去接你。"

"请不要派阿里来，我怕我会打破他的脑袋。"

"他已经没有脑袋了。"

他话音中的某种东西让我血液凝固。（后来，我才知道司机阿里11月13日到14日晚上根本没有回家。人们在一片荒地发现他的车，车已经烧焦，但是没有找到他的遗体。）

第二天，一辆出租车按照预定时间到埃瓦尔街把我接上。司机是更名为扎卡利亚的布鲁诺·乐斯腾，身材高大，头发红得像是燃烧的柴火，他是最早加入协会的纯比利时人，总是坐在祷告的第一排，他会用阿拉伯语背诵一些经文。谢赫对他评价非常高。

我和他以前不熟，我们只在兄弟会见过。他的眼神里有种东西让我很不舒服。现在我们俩走的路出现了交集，这让我深感不快。另外，他对我的客气几乎毫无反应。我不明白为什么德里斯对他青睐有加。布鲁诺既没有魅力，也没有才能，样子很凶，不苟言笑，粗暴对待别人似乎让他心中暗爽。

"你是布鲁诺？"

"是扎卡利亚。"他纠正了我。

"没想到会见到你。"

"我也没想到。"他冷冷地答道。

"你什么时候回来的？"

"从哪儿回来？"

"呃，从你知道的地方呗！"

"那我应该知道什么？"

"你不是去了叙利亚吗？"

他的脸突然变红：

"我从来没去过那里。"

"我原以为……"

"你是聋了吗？我跟你说，我甚至连那个该死的地方在哪儿都不知道。"

可是，他明明是第一批出征的兄弟中的一员，他的战友成了战功卓著的"圣战"分子，照片和视频传遍了网络，有的举着他们砍下来的头颅，有的用皮卡车拖着敌人的尸体，但是始终没有看到布鲁诺的踪影。

"谁告诉你这些乱七八糟的东西？"

"我听到的就是这样的。"

"听谁说的？大家各扫门前雪，要不然会坏事儿的。清楚了吗？"

"我不是故意要惹你生气。"

"你最好别。没要紧的事，就闭上嘴。要是问得太多，那就只能启动紧急程序。让大嘴巴们闭嘴的方法只有一个，"他恶狠狠地说，"把他们的舌头在柱子上打个结，把他们吊起来。"

我不再坚持。

他加快速度，全速前进。要是有只猫穿过马路，他一定会碾过去，以表示我的不谨慎有多让他恼火。

为了不让他把我的沉默误认为是一种叛变，我问他："我们要去哪儿？"

"克诺克—海斯特①。"

"现在还没到夏天。"

他用炙热的眼神狠狠地瞪了我一下。

布鲁诺既不懂得幽默，也不喜欢与人为善。可能这就是我和他保持距离的原因。他就是个潜在的祸害，瞪着眼盯着你，暗中使坏；长着大嘴，随时准备咬人。

"你能开点暖风吗？车里冻死人了。"

他既没有打开暖风，也没有打开广播。

我们就这样一路零交流，一直开到海边，开到这个国家的最东头。

到了克诺克—海斯特，我们在一家加油站附近等待指令。我想去买杯热咖啡，布鲁诺不让我去。

"汽车手套箱里什么都有。"

手套箱里有一块又冷又硬的三明治，一瓶矿泉水，一袋酸甜味的糖果，但是没有咖啡。

布鲁诺看了看手表，然后拿出手机打电话。

"我们到了，"他告诉电话那头的人，"你们在哪儿？（他看了看后视镜。一辆车的车灯划破了我们身后的黑夜……）好的，不过别开太快。这种倒霉的雾天，什么都看不见。"

一辆车超过我们，布鲁诺跟在它后面。

---

① 比利时北部海滨城市。

"那是谁？"

"你知道得越少，对大家越好……"

"这不是去克诺克—海斯特的路。"

"计划有变，我们要去泽布吕赫。"

我们冒着浓雾抵达了目的地。前面那辆车停在一栋豪华别墅前，打着左转向灯，然后继续往前开。布鲁诺按照它指的方向转弯。保镖穿过铺满碎石子的庭院，两个手持冲锋枪的男子在别墅前廊等着我们。

"这不是大毒枭的家，"布鲁诺呵斥他们，"收起你们的玩具枪，混蛋。邻居会看到的。"

虔诚的布鲁诺并没有完全放弃使用他的污言秽语。

那两个人根本不理他，把我们带到别墅的大厅，交给一个穿运动服的黑人大高个，然后回去继续看门。

谢赫在摩洛哥式的大客厅接见我们。这位可敬的伊玛目突然老了许多，他没有像平常那样给我们拥抱，只是示意我们坐到沙发凳上。

利耶也在，坐在单人沙发凳上。

没有其他人了。

大厅里笼罩着令人不安的气氛。

谢赫心情很糟，语气生硬地打发了前来问我们是否需要饮料的黑人大高个。他坐在垫子上，手里拿着念珠，看着布鲁诺和我，像是为了确定我们真的在那儿。

"萨迪克伊玛目已经送给了刽子手，"他向我们宣告，"他是用飞机秘密转移的。我们得到的消息是，他现在在卡萨布兰卡的一个秘密地点，而且还会被转移。我们已经追踪不到他的行踪。显然，情报机构会用酷刑把他折磨得死去活来，让他说出组织的信息。萨迪克伊玛目是圣人，也是血肉之躯。谁也不知道他会如何应对这般酷刑。刽子手会用特别先进的审讯手段，而且无所不用其极，所以我们要提高警惕。"

"已经采取了一切必要措施。"利耶向他保证。

"埃米尔，任何堡垒都有弱点。"

他转向我们：

"可以肯定的是，被比利时扔进狼窝的萨迪克伊玛目不可能活着出来。我们非常清楚那帮狗腿子多么凶残，根本不要幻想他们还有一丝人性。很多兄弟死在狱中，生前受尽凌辱，被剥下来的皮、被掏出来的内脏统统被扔进了化粪池。"

他拨了一下念珠，弯了一下脖子，好像在强忍悲痛。他的情绪让布鲁诺和我感到十分局促。利耶极力保持镇定。

教长擦掉我还没来得及看清的眼泪，摇摇头。他的胡须抖动着，因为他正在努力压制正在把他吞没的痛苦。

一阵压抑的沉默之后，他又拨了一下念珠。

"我们的事业特别需要萨迪克伊玛目。他曾是我们的导师，我们的领袖。想到他落入魔爪，我就心痛不已。冥冥之中有一个声音告诉我，他已经脱离苦海，情报机构正在想方设法让一个死人复活，好继续他们肮脏的审问。"

他生气地用手拍了一下大腿：

"委员会决定奋力反击。摩洛哥想玩火，那我们就把地狱之火降临到他们头上。扎卡利亚兄弟，卡利尔兄弟，我召见你们……"

"我自愿出征。"布鲁诺说。

"我还没有说完。"

"谢赫，我知道您对我的期待。"

"你们不用现在就回答我。我会给你们时间好好考虑……"

"谢赫，我已经考虑清楚了。"布鲁诺态度坚决。

"扎卡利亚兄弟，我丝毫不怀疑你的热忱，但为了避免意外情况发生，你们两个必须认真考虑。你的热情和时刻准备献身的精神让我很感动，但我不能不给你们时间考虑。只有这样，我才不会觉得自己擅作主张，让你们毫无准备地献身。委员会替你们想了一个简单的事由。你，扎卡利亚，你夫人的家在那边，而且你没有案底；还有你，卡利尔，你是摩洛哥人，你在哪里都没有留下案底。我承认，你们不是唯一的人选。委员会考虑到任务的特殊性才做出这个决定的。"

"要是你们选其他人，我会很难过，"布鲁诺很固执，"在最后一分钟把我排除在巴黎行动之外就已经让我难受了好一阵子。自从我被强行调回比利时，我就在等新任务。我不明白为什么要把我调回来。我在前线待得好好的。恕我冒昧，谢赫，我恳求参与行动。"

利耶点头表示赞同。

"每件事都有它的时间，"谢赫说，"委员会还没有最后决定。"

"我一定要参加这次任务！"布鲁诺几乎是在吼。

"我也是！"这下轮到我吼了。

谢赫和利耶满意地对视了一下。

"我向你们保证，一定会把你们的请求转达给委员会。"

"我永远感激您。"布鲁诺对谢赫说。

谢赫站起来，给我们拥抱。

"对我个人来说，"他向我们承认，"我希望这次任务由你们完成。必须好好教训摩洛哥。要是委员会选我的手下去报仇，我对萨迪克伊玛目的哀思将会减轻一些。"

他请我们跟他去另一个房间：

"我想你们应该还没吃晚饭。"

"我们吃了三明治。"

"你们不该吃那个，我给咱们四个准备了晚餐。"

那不是一顿普通的饭，是一场盛宴。

布鲁诺和我当晚就赶回布鲁塞尔。路上，我们还是没说一句话。

布鲁诺不高兴。安排我和他一起执行任务让他很不放心，他觉得不幸搞砸原本他可以胜任的光荣任务的信徒是要被诅咒的。在他看来，我会给最有价值的战士带来厄运，会搞砸最崇高的行动。他的态度对我影响不大。他更需要被同情，而不是被教训一番。

11

拉姆丹来敲我家的门，神色凝重。我开门，请他进来，他却用生气的手势表示拒绝。

"我给你打了十次电话。"

"我的手机没电了。"

"这不是理由，卡利尔。我们从早到晚都应该随时接听电话。"

现在大概是晚上十一点。劳累工作了一天，我准备上床睡觉。白天我送了两个带镜子的衣柜、一个斗柜还有一张高低床，还要组装，真是把我给累惨了。

"穿上衣服，"他命令我，"我有话跟你说。"

"不能在这儿说？"

"不行。我们出去转一圈。"

我在当成睡衣穿的运动服上套了件外套，穿上运动鞋，跟他出去了。

满月的银光照亮了别墅区。要不是路边依次停放的轿车，我会以为自己进入了一个原尺寸的街区模型。没有一点声音，没有一个梦游者的影子。大家都窝在家里，坐在电视机前，就像他们不存在似的。自从搬到这个阴郁的鬼地方，我没碰见过任何邻居。

拉姆丹先帮我打开他的老爷车的车门，然后上车。他假装殷勤的样子让我很不爽。他做事特别没有条理，所以谈不上有教养；他特别狡猾，所以也谈不上信任。

他发动引擎，让车热起来：

"这附近有看着还行的地方吗？"

"距离这儿不远有个警察局。"

他皱起眉，随即明白这是句玩笑，于是大笑起来：

"你啊你……"

他一巴掌拍在我的大腿上，这个亲密的动作让我很反感。

"这附近有安静点儿的餐馆吗？"

"这里是别墅区，连卖麻绳和板凳的商铺都没有。"

"有道理。这种地方真是愁人，感觉像是给快死的人住的大宿舍。（他发觉自己失言了，吞了口唾沫。）我啊，"他继续说下去，"我家楼底下要是没几个闲聊的年轻人，我都没法合眼睡觉。睡在温暖的床上，听到外面有车经过，我会觉得那是一种安抚。我讨厌特别安静的地方。有一次，我在村里的工地干活，晚上因为太安静了，我做了好多噩梦。"

"你把我拉出来就是为了跟我聊你的人生经历吗？"

他惊讶地看着我：

"卡利尔，你为什么这么不客气？我以为你把笑容留在了拔牙大夫那儿了。我待你一向不薄啊！"

"我累死了，我想睡觉。"

他提了点速，车子绕过一大片房子：

"我也累。这个点儿，我也想待在自己的被窝里，可是还有要紧事儿。代理埃米尔可不是闲职，我得事事兼顾，还经常碰到难题。我得到这儿处理事儿，到那儿协调活动。领导意味着责任，不是特权。所以，请对我尊重一点儿。"

他希望我能向他道歉，可我什么也没说。他清了清嗓子，减慢车速，方便看路，最后停在一条对着空地的泥泞小路上。

他把车停在树边，熄了火。

"你是怎么处理你的炸弹背心的？"他突然向我发难。

朝我近身射击也不会造成这么大的伤害。我怎么也没想到他会这样攻击我。

拉姆丹立刻明白这招很成功。他轻拍方向盘，掌握了主动权。

过了一会儿，我才恢复镇静：

142

"我把它销毁了。"

他点点头，撅起嘴：

"你把它销毁了。好……你怎么处理炸药的？"

"你这是什么意思，拉姆丹？"

"你手上有一件炸弹背心。我想知道你是怎么处理它的，这难道不正常吗？它属于没用过的装备。战士完成任务归队的时候，要把武器归库。你无权保留一件会危害我们这个组织的证物。"

"我跟你再说一遍，我把它给销毁了。"

"你可能把它留在巴黎了。要是被敌人的情报部门找到了，他们很快就会找到你，因为那上面肯定有你的指纹和DNA残留。"

他对我步步紧逼，不给我任何逃避的借口。我从来没想过要把东西归还给组织。还有一个大麻烦，我想不起来掩埋炸弹背心的地方了，只模糊记得旷野上有个十字路口，河边有条柏油马路，但我记不清拉扬从蒙斯回来的时候是从哪个出口驶出高速的，也不记得任何可以辨别方向的标志物。

拉姆丹掐住了我的脖子……奇怪的是，他又把我从困顿中解救了出来，平静地对我说："要是你妥妥地把它销毁了，就没问题了。"

空气再度进入我的胸腔。

"那些机构不可能找到它。"我对他说。

"这下我放心了……之前,我好担心。"

他用纸巾擤了一下鼻子,发出了一声舒坦的"啊",然后降下玻璃窗,换换空气。

"卡利尔,你帮我把脚上这根倒霉的刺儿给拔了。我想象过各种各样的情节,当然,没跟任何人说过。我们现在烦心事儿太多。不过,必须承认,我的焦虑是有道理的。凭借先进技术,情报部门根据一根毛发就能查出整个组织……哎哟,我终于可以想点别的事了。"

他又拍了一下我的大腿:

"昨天跟谢赫谈得怎么样?"

原来如此。拉姆丹给我施压原来是为了这个让他挂心的真正的问题——谢赫召见我的原因。这个蠢货真是脑子进水了。刚才被他这么一吓,我必须控制自己,否则会扑上去掐他的脖子。

"据我所知,你是谢赫最亲近的人,"我故意挖苦他,"他什么都没告诉你?"

"最近,我太忙了。而且,我在布鲁塞尔,他在别处……说吧?"

"说什么?"

"那次见面呗!"

他咽了口唾沫,就像看到猎物尸体的猛兽。

"你保证不会说出去?"我故弄玄虚逗他。

"我以代理埃米尔的身份保证。"

　　我让他心急火燎地煎熬了一分钟，才给出致命一击。

　　"谢赫提议让我接替利耶的位置。"

　　他像受了惊的螃蟹似的抽搐了一下，原本突起的喉结在脖颈里卡住了。在惨白月光的映照下，他的脸就像蜡质的面具。

　　"你又没有担任这个职务所需的经验，"他结结巴巴地说，"也没有资历。你从来没有担任过指挥的职务，为什么是你？候选人的名单那么长……那利耶呢？他被免职了？"

　　"他升职了，"我继续向他撒谎，勾起他的嫉妒心，"一两个月后，他就能进入委员会。"

　　"那我呢？"

　　"他没有提到你……"

　　"怎么会！今晚还是我领导你，明天就是你领导我，这不公平。我做了那么多事儿，代理埃米尔也做得好好的，我应该得到升职。"

　　"你放心，我没有接受这个提议，我没有足够的能力。我跟谢赫说，你比我更适合这个位子。"

　　"你提议我坐你的位子？"

　　"我没有发现其他更合适的人选。你在协会里的资历，还有你的忘我精神，埃米尔的位子对你来说实至名归。"

　　拉姆丹如获新生。从痛苦到狂喜，这转变比陨石划破夜空还快。他的双眼又燃起了火光。

"那谢赫决定了吗？"

"他得先咨询委员会的意见，不过他并不反对。如果我刚才跟你说的事情没有走漏风声，我想你一定有机会。你知道委员会那帮人是什么样的吧？要是有人被传出风言风语，他们就会在那个人的名字上打叉。"

"那就当你什么都没跟我说过。"

"我们就当连认识都不认识好了。"

拉姆丹用纸巾擦了擦脸，浑身颤抖，就像高热病人。他下车大口大口地呼吸新鲜空气，伸展四肢，弯腰蜷腿，然后坐在车头，陷入各种幻想。他已经看到自己爬上天梯，接近太阳。

德里斯说得对，有参战的人，也有做买卖的人。

我一直窝在车座上，观察脑子里正在盘算千百个计划的拉姆丹。我从来没见过他主动请缨参加突击行动，也没见他在犹太教堂附近转悠。他就是一个祈求特权、精于算计的卑鄙小人，一有机会就想占便宜，还不敢冒太大风险……他真让我恶心。

但我想我已经准备好为一个没有这种疯魔之人的世界而献身！就算到了天堂，想到世间还留着这么个垃圾货色，我都会受不了。

12

　　我的孪生姐姐约我在邮局见面。天气很好，阳光毫不吝啬地照耀着布鲁塞尔。餐馆的露台座位全部爆满，商店在阳光的照耀下熠熠生辉。大街上都是人，只要天空放晴，街上就会弥漫着节日的气氛。可是谁会把天空放晴当成一种赎罪？这座城市总是对我撒谎。长久以来，我都不把它的承诺当回事。

　　扎哈穿着二十岁生日那天我送她的大衣在人行道上等着我。看到我，她特别高兴，用夸张的动作招呼我，然后面无惧色走进车流，横穿马路。

　　"怎么样，在安特卫普？"

　　我花了几秒钟才明白她的问话。

　　"老样子。"

　　"你不是说只在那儿待两三天吗？"

　　"嗯，比预期长了些……不过，还是有回报的。我现在找到工作了。"

"是吗？在安特卫普？"

"在这儿，在布鲁塞尔，我现在在一家很正派的家具店工作。要是一切顺利的话，我打算跟老板一起干。"

"你以后可以自己当老板了？太好了！"

"还没到那一步，不过正在朝那个方向努力。"

"我真为你高兴，这样见你就更容易了。"

她拉着我的手腕，让我跟着她走：

"来，我得跟你介绍个人。"

她表现得异常兴奋。

她把我领到距离邮局百来米远的一家旅行社。一位年轻小姐正在整理文件，看见她穿紧身套装，我就立刻感到不太舒服。

她们俩拥抱了一下，这个拥抱在我看来有点热情过度。我站在后面不动，以免跟这个陌生女孩握手。

"我就在这附近，所以过来跟你打个招呼。"我姐姐说。

"你真是大好人。"

"你收到我的短信了吗？"

"收到了。"

"那你同意吗？"

"我得先问一下老板的意见，我已经好几个月没休假了。"

"我希望你能来参加聚会，我们特别需要女生参加。"

"我来看看我能做点什么。"

"太好了……我们晚上再说，去娜瓦勒家……你认识我弟弟吗？"

那个女孩盯着我看了一下，腼腆地摇摇头。

"他叫卡利尔，很快就能自己当老板了。他是一个非常棒的木匠……"

女孩的下巴微微动了一下，有点不好意思。

"好了，我得走了。你还有一大堆文件要整理……那就今晚见，莱拉。"

"好的，扎哈，我正好要去娜瓦勒家取东西。"

我们回到街上，姐姐的脸红得像朵牡丹花。

"你看清她的眼睛了吗？"她激动地问我，声音都有点奇怪了，"特别地绿，就像咱俩小时候玩的弹珠一样绿。那么清澈的眼睛，让人一下子就能看到她的内心。"

我没有顺着她的话往下说。

她气喘吁吁地在街角把我拦住。

"她很漂亮，不是吗？"

"她是很漂亮。"

"这个姑娘人特别好，很正派，还有一大堆优点，大家对她赞不绝口。她爸爸是会计，妈妈是小学老师，两个弟弟在上大学，特别好的一家人……"

"扎哈，你说这些好话干吗？"

她用力抓住我的手腕。

"我一看到她就想到了你。我自己做了些调查，我确信莱拉会是你的理想伴侣。你注意到了吗？将来你的孩子的眼睛会是浅绿色的。"

"什么？"

"卡利尔，是时候成家了。"

"不好意思，我有别人。"

"你不会告诉我你跟曼苏拉那个疯子还有来往吧？"

"不是，不是跟那个疯子。"

"我认识那个人吗？"

"应该不认识。"

"那她有什么比莱拉好的地方？"

"她戴面纱。"

扎哈很失望，热情突然熄灭了，陷入不快和困惑之中。

"戴面纱并不能说明问题，卡利尔。从早到晚戴面纱的女孩我也认识一些，然而她们并不会因此就没上过那些行踪可疑的车。"

"我认识的这位不这样。"

"你得把她介绍给我。"

"等时机成熟。"

她看看四周，一脸尴尬。

"听着，我不是要逼你结婚。婚姻是一件很严肃的事，别做让自己后悔的决定。要是我是你，我一定会再考虑一下。莱拉是个好姑娘，受过很好的教育，也很虔诚。你别因为她的穿衣打扮怀疑她，是她的老板这样要求她的。我可以向你保证，她是个圣洁的姑娘。我们每周五都一起去祷告……要不我们去咖啡馆静下来聊聊？"

"你应该少去咖啡馆。一个女孩子坐在陌生人当中，这很不好，咖啡馆是男人专用的地方。"

"那好，咱们回家。"

"你很清楚这是不可能的，扎哈。"

"父亲需要我们。核磁共振检查报告说他的前列腺里有肿瘤，泌尿科专家让他做切片检查，好确定肿瘤是良性还是恶性的。"

"那是神的旨意。"

"好吧，但是这事和你有关。神没有禁止你和生父和解。恰恰相反。孝顺和怜悯都是神圣的。再说，你有什么可以指责咱爸的？他时常拎着你的耳朵骂你？我不知道你为什么这么恨他。再怎么说，他也是你的父亲。"

"首先，他不要再醉得不成样子。"

她气愤得说都说不出来："卡利尔，你就是这样对待你的父亲吗？（她的眼睛里噙满了泪水。）你没有这样的权利，我禁止你这么说，你听到了吗？我们甚至无权顶撞父母，更别说对他们粗暴无礼。恨他们，就是亵渎。"

她的脸颊因为愤怒而颤动。

"卡利尔，要是你还认我的话，要是你想再见到我的话，回家去跟父亲认错。我要你向他低头，你要跪在他面前，请求他的原谅，就算你觉得自己没有任何过错。否则，连电话都不要打给我。"

说罢，她把我留在路边，急匆匆上了一辆刚到站的公交车。那时，我根本想不到从此再也听不到她的声音了。

当天晚上，夜深之时，哈迪的手机响了。

我的室友打开我房间的灯。

"穿衣服，我要开车送你去根特。"

"现在吗？"我嘟囔着，睡意正浓，在这种时候被吵醒，让我很不开心，而且我以为又是热心过度的拉姆丹在找事儿。

"马上。拿好你的东西，还有你的证件和护照。"

一辆车在根特城外等着我们。我们的车跟着这辆车来到一栋对着菜园子的小砖房，引导我们的车在一扇铁门前减速，打开转向灯，然后继续往前开，就像上次在泽布吕赫一样。这次，在门廊迎接我们的不是穿运动服的黑人，而是埃米尔利耶本人。他一个人。他让哈迪去厨房为我们准备咖啡，然后带我走进一间布置得很简单的房间。里面放着一张床，一张矮桌，角落里是一个简陋的衣柜，地上铺着旧地毯。

“我猜这里就是我的新家。”我失望地说。

“只是今天晚上，”埃米尔宽慰我，“明天，你就能住到更好的地方。”

“为什么不等到明天？”

“卡利尔，我的兄弟，什么时候你才能学会不问那么多问题？……你的新家要到明天才能弄好。你想知道我为什么这么晚把你从床上拉起来吗？”

“不想。”

“我还是告诉你吧！就在一个多小时前，委员会做了决定，你被选去执行任务。谢赫想亲自向你表示祝贺，希望在这儿见到你。遗憾的是，他刚刚打电话给我，告诉我很抱歉，他在别处有急事，来不了……你想知道为什么是根特吗？”

“不想。”

“我还是告诉你吧！是为了让你远离布鲁塞尔，尽可能保护我们的计划。从现在起，你要断绝和外界的联系……把手机给我。”

我照做了。

他又给我了一部手机。

“这里面只存了两个号码，我的号码和哈迪的号码。出发前，哈迪负责照顾你，你不要直接联系我。如果你要见我，先找哈迪，他来转达。接电话的时候，要等到屏幕上出现我的代号‘里斯本’。没有出现‘里斯本’的电话，不接。当然，哈迪的电话除外。我再重复一遍，你只能和哈迪通电话，只能接我的电话。不要联系你的家人或者其他人。清楚了吗？"

"非常清楚。"

"只有两个人知道你的这个号码……"

"利耶，我不是小孩子，对吧……我什么时候出发？"

"不知道，不过不会等太久的。"

"去哪儿？"

"当然是摩洛哥。"

"布鲁诺呢？"

"扎卡利亚在路上，他马上就到。"

哈迪给我们端来了咖啡。利耶先对他表示感谢，然后请他立刻返回布鲁塞尔。

"你保持待命。"他下令说。

突尼斯人走后，利耶请我交出护照，他查看了护照过期的时间，还有内页里零零星星的印章，皱起了眉。

"有问题吗？"

"不算有，你上一次回老家是三年多前。要是边检警察问你为什么隔了这么久才回去，你怎么回答？"

"你为什么觉得他们会问我这个？"

他严厉地看着我。

"对不起，我就随口问问。"我向他道歉，"我就说有人给我介绍了一个远房表妹，我自己过来看看她是不是适合。"

"这个表妹，叫什么名字？"

我想了一下：

"米露达。"

"真有这个人吗？"

"是的。"

"她会不会已经结婚了。"

"她只有十五岁。"

"她住哪儿？"

"纳祖尔。"

"那你到马拉喀什做什么？"

我编不下去了。

"你看，就是这些小细节可能会搞糟精心准备的计划……在马拉喀什机场，他们可能会问你各种各样的问题。那边的人都是毒蛇，他们比魔鬼还要棋高一着。要想逃脱他们的天罗地网，你得保持冷静，想好所有问题的答案。扎卡利亚就不会有这样的问题，他的小舅子在马拉喀什西边的苏伊拉开了一间首饰加工店。至于你，你是去格利兹拜访一位表兄，他的姓名、和你的亲属关系、住址和照片都在枕头上的信封里，就在那儿。"

一辆车停在外面，利耶朝窗外看了一眼。

"是扎卡利亚。"

"他应该和我一起来的。在这种时间里，几辆车停在一起，会引起邻居怀疑的。"

"扎卡利亚不是从布鲁塞尔过来的。"

利耶去开门。

布鲁诺在门厅和利耶行拥抱礼，对我只是微微点头示意。

"我们拼命赶过来的。"他说。

"你准时到了，告诉司机可以走了。"

布鲁诺朝车上坐着的司机挥手，让他离开，然后关上门。

"怎么样？"他焦虑难耐地问，"但愿你让我穿过整个比利时，不是为了告诉我坏消息。"

"你要出征。"

布鲁诺跳起来，搂着埃米尔的脖子。

"感谢真主……我一路上都在祷告。（他转向我）卡利尔也去？"

听到我要和他一起出征，布鲁诺显得不太高兴。

利耶拍拍他的肩膀：

"卡利尔非常可靠。总共有六个自愿报名的候选人，每一位都非常坚定。委员会选择你们是因为你们的身份最适合。"

我不太喜欢布鲁诺，尤其是今天晚上，我特别讨厌他。

利耶和我们围坐在矮桌边，告诉我们委员会对我们的期望。他摊开一张马拉喀什的地图，有两个地点用红笔画了圈。

"这就是目标，马若雷勒花园或者德吉码广场。到了那边你们自己决定，行动所需的材料都会发给你们。我们知道马若雷勒花园的安保很严，不过3月23日那里会举行庆祝活动，有很多人参加，很多欧洲人还有城里的权贵和地方官员。到时候你们自己看着办。花园附近的安保肯定会加强，如果你们不好动手，就去德吉码广场。还是同一天，3月23日晚上，交通繁忙的时段……委员会指定你——扎卡利亚指挥行动组。你两天后出发，制订好详细的行动计划。后勤补给方面都安排好了，你只需要负责行动的筹备。精心挑选出来的组员会在当地跟你会合。至于你，卡利尔，行动前三天，你再飞去马拉喀什。"

"为什么不让我和布鲁诺一起去？"

利耶摇摇头，既生气又想笑。

"对不起。"我对他说。

"我知道，你又说漏嘴了。"

布鲁诺挠了挠后脑勺。

"我更倾向于德吉码广场，那里很容易进去，而且有很多来自世界各地的游客……"

"到了现场，你们自己定，"利耶打断了他，"我个人更希望炸掉花园。从媒体舆论的角度来看，那里会引起更大的反响，谢赫也同意我的看法。不过，我们决定给你

157

们留出选择的空间，因为我们要的是这次行动百分百的成功。可靠消息告诉我们，萨迪克伊玛目已经遇害。花园和广场，选择其中之一，就是为了用摩洛哥来教训那些为了讨好西方国家让双手沾满兄弟们鲜血的国家。"

我们整晚都在细化方案，从行程到住宿到马拉喀什的交通，并向真主祷告，祈求他帮助我们选择和决定。

凌晨四点，一辆车来接利耶和布鲁诺。

我一个人留在冰冷的房间里，试着睡觉，可是睡不着。

中午，哈迪来的时候，我还躺在床上。他请我去洗个澡，然后跟他走。他把我带到市中心的一个高档小套房里。套房位于顶楼，正对着格拉斯雷①一带，墙上挂着巨大的平板电视，冰箱里装满了食物，还有设备齐全的厨房。我的房间布置得很漂亮，丝质的窗帘，富人享用的大床，和蓝顶天花板呼应的地毯。

"我还以为这是五星级酒店。"我大声惊呼，几个星期的颠沛流离，加上好几晚的折腾，得到这份舒适，让我很欣慰。

"不过，和天上等着我们的比起来，这都不算什么。"哈迪提醒我。

"利耶说你现在为我服务。"

---

① 格拉斯雷为根特市的历史街区、主要景点之一。

"你只要搓一下神灯，我就会立刻出现在你面前，满足你所有的愿望。"

"所有愿望？"

"无一例外，全部满足。"

"我想去一个安静的沙滩。"

"现在吗？"

"马上。"

哈迪一脸奉承，摊开双臂：

"愿意为您效劳，殿下。"

不到一小时，我们就到了布兰肯贝尔赫。我们在海边的泰坦尼克餐厅吃了一顿烤鱼大餐。海滩上都是穿得光鲜亮丽的举家出游的游客，我请哈迪帮我找一片清静的沙滩。

我们在两块礁石间找到一片小小的海滩，那里空无一人。

"你可以让我一个人待一会儿吗？"我问哈迪。

"没问题，我去车上等你。"

"希望你能把车开走。"

"我有这么碍你事儿吗？"

"我想和大海独处。"

"你不会跳到水里去吧？你要是得了病，会把咱们的计划搞砸的。"

"求你了，走吧！过一个小时来接我。"

哈迪显得很为难：

"利耶命令我跟着你，一步都不能走开。"

"我不会插上翅膀飞走的。就一个小时，我想一个人对着大海。"

哈迪犹豫了好长时间，掏出了手机，可能想向埃米尔汇报我的任性要求，征得他的同意。

"真没这个必要。"

他最后还是同意了，上车，把车开走了。

我脱掉鞋子和袜子，把裤腿卷到小腿上面，走在湿漉漉的沙滩上。海面波涛汹涌，凶猛的海浪扑向岸边的礁石，从缝隙中迸射出一股股怒涛，十分壮美。乳白色的浪涛在歇斯底里地发作，轰响和高潮不断出现，带来的狂喜让我想起把恨之入骨的人打倒在地时的盛怒。

我坐在沙丘上，裹紧外套，像一只快要冻僵的麻雀，面迎海风，做着深呼吸。海鸟叽叽喳喳的叫声伴随着我的冥想。一种原始的幸福充盈着内心，让我感到特别充实。

上次泡在海水里还是三年前，在摩洛哥东北边境的萨伊迪耶。一条溪流是我们和阿尔及利亚海岸的分界线。父亲的朋友把他的海边小屋借给了我们。每天早晨，我和度假时结识的伙伴一起比赛游泳，看谁游得最远。海边救生员朝我们吹哨，警告我们游回岸边，我们还是继续往前游，游到精疲力竭，然后仰面躺在海上，嘴巴鼓得像个羊皮袋，然后跟抹香鲸一样朝天喷水，直到体温过低，进入半麻醉状态，我们才会离开水面，然后在热乎乎的沙滩上躺到傍晚时分。

我和大海之间有一种磁力，使我们连接在一起，让我只能看到翻起的白浪，听到高涨的涛声。海滩、沙丘、天空在我身边隐去。我的眼睛和耳朵只能关注这场水之舞。大海让我陶醉，它像死神一样神秘，深深吸引着我。我爱大海，因为它像真主一样懂得保守秘密。没有人知道它的年纪，任何科学都无法测出它的实力。它始于亘古，狂野而无从预测，只有它能与时间较量，它可以轻易抹掉我们在沙滩上的足迹、触礁的沉船、航行时船尾的波纹，还有我们对海难的恐惧，使我们意识到自己不过是脆弱早衰的魂灵。它和真主有两个共同点——通灵和无所不能。当大地在灾难面前颤抖、被火山捅破肚皮、被狂风刮得面目全非时，它能化解所有的风暴，就像我们吞下一颗鸡蛋。虽然对我们满腹怨言，它依然看管好自己的边界，不去侵犯我们的海岸线。它永远保持自我，就像先知，高明的释义者和凡夫俗子都无法参透。

这一天，我愿化作一滴水珠，随着拍岸的波浪回到大海，我愿化作白色泡沫溅起的一粒尘埃、海鸥的喙上沾染的一朵浪花。我愿立刻消失，像打响指变魔术一般，不怕再也见不到夕阳，因为我在真主的田园可以捡到好几箩筐；不再害怕至亲为我痛苦，因为他们终将和我在永生的绿地上团聚。关键时刻到来的时候，善恶会抵消，只需闭上眼睛完成任务。我不会再问任何问题，只需给出一句回答，也是唯一的回答——"我准备好了！"

13

　　扎哈和我在人很少的沙滩上玩耍。她穿着白色的长裙，我穿着肥大的短裤。我们在沙滩上挖了一个很深的洞，我让扎哈下到洞里去。她笑着，把长发甩到身后，摇头表示不要。我耸耸肩，决定自己下去。扎哈按住我的肩膀，自己下去了。我给她盖上细沙，一直盖到脖子的位置。突然，耶扎从沙丘上冲过来，大喊："海啸！海啸！"我转头一看。红色海浪排山倒海地向岸边推进，浪头上还有一群黑色的猛禽……耶扎气喘吁吁地跑到我身边，惊慌失措地看着我……朝我喊："扎哈呢？""她在……"我的喉头收缩了一下，扎哈不见了。"扎哈在哪儿？（不到一分钟前，她还在这儿。）在海啸把我们冲走前，赶紧找到她……"我开始挖沙子，像疯子一样挖。手都流血了，还是没找到扎哈……最后我抓到了她白色的裙角，然而这块布在我指尖散成了一缕青烟。耶扎吓坏了，她捶打我的背，用力发狠地踢我……"是你的错，你的错……"耶扎脚上穿着大铁鞋，踢在我肚子上的每一脚都让我呕吐……

惊醒之后的我全身是汗，肚子里胀满了液体。我冲进厕所，刚坐到马桶圈上，肚子就一泄而空。我觉得自己的肠子全都被排到体外了。

"悠着点，"哈迪在客厅冲我喊，"我还以为是鼓乐队在演奏呢！"

我气力全无地走出厕所，两腿无力。

"你的脸白得像纸一样，"哈迪对我说，"你背着我吃了什么？怎么房间里有股天然气泄漏的味道。"

"我刚才做了个噩梦。"

"要是你天一亮就去祷告的话，你就不会睡得这么不安稳……要不要我去给你买点药？"

"不用，一会儿就好了。"

我瘫在沙发上，哈迪正在看一档文化节目。演播室里，比利时法语区电视台的女记者正在采访一个面色黝黑的作家。作家啰里啰唆地陈述："如果说我们的国家落后于其他国家，那就是因为我们对女性的错误态度。只要到街上、到政府机关看一下，就知道我们国家的女性地位有多么低。她们有才华，聪慧过人，忘我工作，这些闪光点完全没用，男人还是把她们当作不成熟的附属物。不解放妇女，任何民族都不可能获得完全解放。然而怎么才能让男权主义的政权承认这一点呢？"

"这个跳梁小丑是谁？"

"一个跪舔主子的黑鬼。真让人作呕！"

"那你还不换台？"

哈迪按了按遥控器，换到新闻台。摇晃的画面中，人们往各个方向跑，不断有人像跳鼠一样从地铁口冲出来，神色慌张，脸庞熏得乌黑。几个女孩瘫在大楼底下哭泣，担架员不断抬出伤者，警察在难以形容的混乱中试图维持秩序。

"这是在哪儿？"

"我也不知道，"哈迪说，"我跟你同时看到的。"

"警察看上去像是比利时的。"

屏幕下方出现了一行字："快讯：布鲁塞尔地铁站发生恐袭。"

"该死，"我大喊，"这会影响我去马拉喀什。"

"为什么这么说？"

"因为，机场和火车站会加强安检，防止制造恐袭的人离开比利时。"

"你在哪儿都没有案底，对吧？"

"我一点儿也不喜欢这种安排，他们应该等我去了摩洛哥再行动。我的行动更重要。"

"我不认为我们组是这次行动的幕后主使，我们事先都不知道。这件事也许算不上恐怖袭击，媒体现在看到哪里升起可疑的黑烟，都会大喊大叫，说这是'圣战'。"

我们一上午都坐在电视机前，了解最新情况。确实是一起恐怖袭击，因为很快基地组织就认领了这次行动。根据初步估计，有五人死亡，十几个人受伤。

我还在闹肚子，每隔十分钟就得去一次厕所。胃绞着痛，我最后只能拉出一些泡沫状的东西。

"你肯定是得了肠胃炎。"哈迪下了诊断。

"我们昨天吃了一样的东西。"

"可能是因为压力。"

"你认为我害怕了？"我恼怒地冲他吼，"我非常清楚我为什么要去马拉喀什，并为此感到荣幸。我不是胆小鬼，你听到了吗？我在巴黎没有胆怯。要不是那件倒霉的炸弹背心，我现在也不用在这里忍着，我真想揍你。管好你的嘴行吗？要不然，我会把你揍得连你妈都认不出来，再把你赶出去。"

"我母亲死了，卡利尔。我并不想惹你。"

"那在说那些蠢话前，先想清楚了！"

哈迪退回自己的房里。

下午，我的胃疼稍稍平缓，但还没有完全消失。为了弥补，哈迪提议一起去格拉斯雷河岸散步。我拒绝了邀请。晚上，他请我在一家特别地道的餐厅吃了顿大餐，饭后我们和好了。

第二天，利耶本应该来看我，但是没来。

"是因为恐袭。"哈迪猜测。

"你觉得他参与了？"

"那他就太傻了，我们在马拉喀什还有更大的行动。"

"他给你打电话了？"

"没有。"

晚上，我和哈迪一起去利斯河边散步，欣赏市中心一带的风光。天气和暖，几群年轻人在喧哗的酒吧前玩闹。我们选了一家比萨店吃晚饭，哈迪和邻桌的两位姑娘搭起话来，她们也觉得突尼斯人很有魅力。他说的每个笑话都把她们俩逗得开怀大笑，在撩妹方面，哈迪有一种令人不安的天分。他殷勤、聪明，言谈间显得自己很有学问，半小时后，姑娘们的目光锁定在他的唇间，点头附和我室友说的每一句话，她们喝着可乐，掩盖内心的欢喜之情。

"你的同伴怎么不说话？"两个女孩中比较可爱的那个轻声细语地问。

"他特别害羞。"哈迪答道。

"他有名字吗？"

"同时还有别的东西，"我回嘴反击，"不过我不感兴趣。"

"他结婚了。"哈迪赶紧插话，安抚那位被我用言语攻击了的女孩。

最后，哈迪和两个女孩走了。看着他带着到手的猎物远去，我心想这个突尼斯人到底有多可靠。被自己的欲望支配的人没有资格宣称有信仰，因为信仰是必须遵守的。我学会了分清真正的信徒和自以为是的信徒。第二种人认为得到了恩典，其实他们搞错了。恩典只会降临在坚强不屈的人身上，那些倔强的、彻底的激进分子，他们不为世间万物的乐趣所动。哈迪如此轻易地屈从肉欲，那就说明他更看重人间虚幻的快乐。我很难想象他能穿上炸弹背心，关键时刻，他肯定无法放弃对世间恶习的留恋，因此也没有勇气按下自爆的按钮。我肯定不会指望他，要是他们安排我和他一起执行自杀任务，我一定会拒绝。

树可以被修剪，被连根拔起，变成纸张、家具、房梁或者木柴，但是真正的信徒的信仰不会动摇，不会有一丝一毫的变化。我绝不会被女人抛的媚眼蒙蔽，绝不向任何诱惑投降，绝不让美人鱼的歌声盖过穆安津的召唤。我已经身在他方，在我的浮塔里坚不可摧，在那里，任何错觉都不能模糊我的坐标。我和周遭的人与物建立了一种严格的宇宙关系。死亡驯化了我，它是不是改变了我的看法，重塑了我的能力？也许吧！以前，我走路从未留意身边的人与物，可是自从2015年11月13日那个周五开始，我走的每一步都变成中途站，就像突然发现以前熟悉的事物的另一面。天空不再是天空，它变成了绿洲；大地不再是大地，它变成了海市蜃楼。我像是在两者之间走钢索，手持柔韧的平衡杆，下巴抬得高高的，背上长出了一对神奇而洁白的翅膀。平庸之物变成了毋庸置疑的妙物，琐事突然有了重要性。人总想着伸手抓住流逝之物，而我不会伸手，因为什么都不如这个无法改变的事实重要——地上的一切都是暂时的、虚幻的、徒劳的……在逝者和有限的生命之上，只有主的真容。

　　哈迪凌晨回到家，一直睡到中午。

　　日落时分，利耶终于重新现身，拉姆丹陪他一起来的。我们四个人在一个摩洛哥人开的馆子里吃了晚饭。回到公寓，利耶告诉我，我得提前出发去马拉喀什。

　　"什么时候？"

　　"三天后……哈迪跟我说你生病了。"

　　"我肠胃炎发作。"

　　"他不肯买药。"哈迪遗憾地表示。

　　"我喝了草药茶。"我提醒他。

　　"没有用啊。"

　　利耶皱起了眉头。

　　"卡利尔，你得治病。如果你肠胃炎没好就去马拉喀什，人家会以为你做了什么亏心事，在机场可能会遇到麻烦。别让这种小事拖累你，好吗？"

"明天一早，我就去买药。"

他用奇怪的方式打量了我一番，然后问我有没有跟家人朋友联系过。

"你禁止我这么做，对吧？"

"很好，不要和外界联系。你觉得自己准备好了吗？"

"我已经急不可耐。"

"太好了。"

走之前，他把哈迪拉到一边，在他耳边低声说了几句话，突尼斯人点头同意。我们把埃米尔送上车。拉姆丹开车，整晚都没抬头看我。哈迪和我目送车子消失在路的尽头才回家。

突尼斯人立刻上床，熄灭了自己房间的灯。

我看了好一会儿电视，肚子里又开始翻江倒海。

肠胃炎恶化了。

大约夜里十点，我去城里买药。

从药店出来的时候，我迎面撞上了塞尔日。他是我以前在莫伦比克的邻居，属于少有的特别招我恨的人。他就是个下流胚子，十二岁的他长着天使般的面庞，拥有精灵般灵活的身段，但他喜欢打斗和骚扰市场上的小商贩，经常带着一群手持短棍和自行车链的混混，突袭正在踢野球的我们，抢走我们的足球，还有放在场外的衣物。有时，他会追赶我们，一直把我们追到家门口。附近的商户都管他叫"欧塞根姆街的魔头"，他倒是为这个恶名感到骄傲。我们上一次狭路相逢发生了激烈的争吵，那是三四年前的事。当时我倒卖走私烟，挣点外快。塞尔日说我跑到他的地盘上做生意，不许我再踏进那里半步。要不是一位老妇人用伞打我们，把我们俩拉开，我们肯定会打到一个人彻底趴下为止。塞尔日的鼻子和下颌破了，我断了三根肋骨，胫骨断了，还缝了七针。

我来不及转身回药店躲开他，他对我打了个手势，说："卡利尔，你姐姐怎么样了？"

某种东西突然从我身上释放出来。

我上去掐住他的脖子，把他顶到墙上：

"你在哪儿认识我姐姐的？"

他先是被我的反应惊到，然后挣脱了我的双手：

"伙计，你怎么啦？得了病还是怎么的？"

"下次你再敢提我姐姐，我拔了你的舌头。"

他惊讶地盯着我看了一会儿，走开了。

我冲上前抓住他：

"我跟你没完！"

"我劝你老实待着，再敢把爪子放我身上，我就打得你满地找牙！"

"我会这样打听你姐姐的消息吗？你在大街上轻飘飘地问我，好像咱们是表兄弟。你的羞耻心呢，对家庭的尊重呢？"

"你最好去看一下心理医生。"

"哦，是吗？"

"对，你最好冷静点，小流氓。什么事关羞耻？我在布鲁塞尔地铁恐袭里失去了一位朋友。要是你姐姐侥幸逃脱了，别的人就没那么幸运了。"

好像哪里出了点问题，我不太确定刚刚听到的东西。

"你在说什么？"

塞尔日看着我的脸，立刻收敛了怒火，问："你还不知道？"

我不知不觉抓住他的衣领。这一次，他没有把我推开，而是看着我，好像我是从另一个星球来的：

"没人告诉你？"

我觉得全身的皮都变硬了，硬得像石头一样。

"我姐姐当时在那个地铁站？"

"很抱歉用这样的方式告诉你。"

"她死了？"

"如果是的话，我就不会向你打听她的消息。我妈妈说，她只是受了伤。"

我感到天地倒转。

我的肚子再度痉挛，和布鲁塞尔地铁恐袭那天一模一样。

我跑到街灯旁呕吐。

14

我搭了当天的第一班火车去布鲁塞尔，失魂落魄。心中暗暗祈祷受伤的是耶扎，不是扎哈。真主一定会责怪我牺牲一个人的利益而为另一个人祈祷，但我现在不在乎什么是对，什么是错。如果不幸要降临到我的家人身上，我希望它能帮我个小忙，微不足道的小忙——降临给耶扎，而不是扎哈。

然而，给我开门的是耶扎。

我差点昏倒。

"你来我们家干什么？"她一边推我，一边喊。

我整个人像是被龙卷风裹挟着，仿佛听见了自己的心跳。心跳声在全身回荡，如同席卷护城河的狂风。

几个妇人陪着我母亲，坐在放在地上的坐垫上。母亲看上去就像幻觉中出现的人，裹着黑色的头巾，靠墙坐着，以免倒下瓦解成灰烬。她的脸抓破了，眼珠像两摊血污。她甚至没有力气用眼神跟我示意，只是漫不经心地看着我，似乎想不起我是谁。

我冲向扎哈的房间，她不在。

耶扎把我推到旁边的房间：

"你是来看你兄弟的杰作的吗？"

"她在哪儿？"

"这里没你的事儿，这个家和你断绝关系。我们要烧一吨重的香才能把你的味道祛除。"

"扎哈在哪儿？"

"从我们家滚出去，卡利尔，滚！这里没有人想看到你！"

"我最后问你一次，扎哈在哪儿？在哪家医院？"

"赶紧消失，不然的话，我会叫来整个小区的人，告诉大家你是个怪物。"

我双手抓住她的脖颈，用力掐住她，明显是想让她把话吞回去。

"你乐意的话，就去所有的屋顶上把它喊出来。我谁都不怕。如果你愿意，咱们一起去警察局，我会当着你的面告诉那些臭警察，我对他们喜欢的这种生活有什么看法。好了，要是你那对巫婆眼还想待在眼眶里，告诉我，扎哈在哪儿？"

她用膝盖顶我的小肚子。

我还是不肯放开她。

"从我家滚出去！"我的背后响起一个声音。

我的父亲，或者说名义上的父亲，倚着拐杖摇摇晃晃，死灰色的脸上布满了皱纹，就像一张揉皱了的纸，上面挤着五官，幽灵的脸都比他的脸生动。他的四肢在颤抖，不过眼神犀利如常，依然让我觉得他是个可憎可怕的人。

"我不想再见到你。我要和你断绝关系，我诅咒你降生在我屋檐下的那一天。滚出去，现在！去找你的恶魔团伙，祝贺他们刚刚给你制造的痛苦，在那个假扮先知的骗子面前祝贺那些兄弟（他突然痛哭流涕）。我亲爱的扎哈，我的孩子，我仅存的幸福就是对你的最后一点爱，现在世上所有的欢乐都消失了。"

等我回过神来，已经是晚上。我不知道自己身处何方，也不知道自己是怎么来到这座凋敝的公园的。我的腿已经连续走了好几个小时，但是灵魂没有跟上。父亲颤抖的声音依旧回荡在我脑中，他的哭喊就像黑暗中漏水的水龙头，一滴一滴流进我的忧郁之中。

我对眼前的建筑毫无印象，不记得自己来过布鲁塞尔的这个地方。我在布鲁塞尔，还是在根特，还是下了地狱，或者进入了一个糟糕的梦境？我完全失去了方向，鞋子被水和泥泞浸透。我经过了哪些地方？我什么都记不起来，仿佛刚刚穿越了黑暗山谷。

一辆警车停在我面前。车门响动，脚步声越来越近，然后我被手电筒晃得睁不开眼。

"先生，请问您在这儿干什么？"

"……"

"您身体不舒服吗？"

"……"

手电筒的灯光在我的身上滑过。

"您带着证件吗？"

他们的声音在我耳畔跳动，就像山洞里传来的回音，脚下的地面像是涌起的波浪，我特别想吐。

"请您站起来。"

几只手在我身上摸索，动作粗鲁得差点把我的皮肉弄破。

"他身上有证件。"

"拿来看看。"

我看到两个模糊的人影在我身边动来动去。

"请您不要动。我们要呼叫总部，例行核对一下。"

我听到一个声音在报我名字的字母，还有我的出生日期、出生地和库克尔贝赫的住址。

我重新坐下，双手抱头。

他们把身份证还给我。

"先生，请您回家，现在是凌晨三点。"

脚步声渐渐远去。

"你觉得他是不是注射毒品了？"

"他完全不是陶醉的样子。"

"这个时候，他在外面干什么？"

"据我所知，我们还没有实施宵禁。"

"那也不应该。"

"不应该什么？这里是比利时，人人都可以自由选择过夜的地方。"

车门响动，警灯旋闪的灯光在暗夜中渐渐消失。我蜷缩着躺在凳子上，把冰冷的手放到双腿间取暖，然后闭上眼睛。

兄弟们纷纷到访我和哈迪住的公寓，一些人甚至毫不掩饰他们光缎般的大胡子。为了避免邻居向警察报告楼里有大量可疑人员出入，拉姆丹告诉附近的人，我姐姐在布鲁塞尔地铁恐袭中遇难了。一些不认识的邻居赶紧来向我致哀，他们不会在我们这儿待很长时间，可能是被客厅各处的焚香和不知谁拿来的小音箱里循环播放的音乐赶跑了。

第二天晚上，我在面包店主伊萨的别墅里有幸得到谢赫的单独召见。他亲吻了我的头，用圣人的手握住我的手，邀我坐到他对面。

他对我说：

"我们都要接受考验，卡利尔兄弟。谁都不知道考验的烈火什么时候、在哪儿、以什么样的方式熄灭。这是上天掌控的部分，真主只会向我们收回借给我们的东西。在这个世上，任何东西都不属于我们，无论是财富还是我们的子嗣。接受命运的人才会懂得他为何存在于世。他说，'无论如何，我都会回归真主'，于是真主赐予他力量和勇气，克服那些无法抗拒的事。至于那些反抗厄运打击的人，他们只是徒增痛苦，任何安慰对他都不起作用。感谢真主为我们献上的善与恶，让我们看清自己。痛苦让我们清醒地意识到自己的脆弱，稍纵即逝的快乐使我们看清我们所拥有的并非永恒。我们都属于真主，我们的肉身都将归还给他。在逝者和有限的生命之上，只有主的真容。"

我听到他的话了吗？我觉得没有。

我看到谢赫的嘴唇在清俊的面庞上张合，我非常清楚他说的每句话的意思，但是这些话在我的心中却无法产生回响。通常，当他用这种饱经风霜的嗓音和我们说话时，我早已经热泪盈眶。他用词精确，让我们深受感染，因为他自己已经化身为一股激情。他懂得如何和心灵、灵魂对话。不过这天晚上，他的话从我的身体直接穿过，没有任何一句话说到我的心坎上。我陷入强直性昏厥状态，只看到一些人影在我周围晃动。我听得到他们的声音，但是毫无反应，就像一堵看不见的墙把我和他们的世界分开了。他们越是前来分担我的痛苦，我越不愿承认自己在守丧，我完全处于抗拒的状态。

利耶缩短了一次重要行动的行程，陪在我身边。他认识我的孪生姐姐，四年前，我们为扎哈举办婚礼的大厅就是他出钱租的。

头两天，他一直陪着我，安慰我，为我姐姐的安息而祈祷。到了晚上，等所有人都走了，他邀我一起诵经。他选了一章，我们两个一起低声诵读。哈迪偶尔会加入我们。利耶的嗓音极佳，既温柔又有穿透力，以至于利耶和我会静下来，听他整章整章地诵读。

"你应该去你姐姐的墓前致哀。"他不断催促我。

对利耶来说，我必须去墓地才能接受扎哈离去的事实。

"这样你就可以在心中将她安葬。"

他让哈迪开车送我去。

一见到这片被诅咒的墓地，我就逃走了。

回去执行任务之前，利耶请我到他住在郊区的姐姐家吃饭。那是一间低矮丑陋的房子，房子里混合着朽木和洗衣粉的味道。利耶的姐姐把一切准备妥当后自己离开了，把房子交给我们使用。桌上摆满了各色佳肴：杏干炖羊肉、鲜蔬炒饭、甜椒沙拉、烤肝、烤鸡肉串，就像是摩洛哥烹饪艺术展示的窗口。我却一口也咽不下去。

利耶很失望：

"萨姆拉为了你忙得团团转。她一大早就去市场买菜，一整天围着灶台转。你不吃，她会怎么想？"

"她能明白。"

一阵在我看来无比漫长的沉默。

我看见利耶的手一会儿停在叉子上，一会儿停在勺子、餐刀和杯子上，却没有拿起任何一种餐具。

"卡利尔……"

"我在。"

"卡利尔……"

"利耶，我在听。"

"可是，我却听不见你。"

"你想听到什么？"

"你刚才对自己说的话。"

"你觉得，我刚才对自己说了什么？"

"我也在问自己。我是你的埃米尔，你心里装着什么事？在你的内心深处，你的誓言有没有变化？如果你改变了主意，你要变成什么样的人？我的职责要求我知道这些。"

"你觉得我不是以前那个人了？"

"这个应该由你来告诉我。"

我低下头，他抬起我的下巴，逼我和他对视：

"卡利尔，你要振作。扎哈现在回到了造物主身边……你之前曾决定比她先走。"

"这不一样。"

"这是一回事儿。我们今天死还是明天死，这改变不了什么，我们不过是一闪而过的影子。今天，我在这儿；明天，我不在了。正因为这样，我们必须做好和至亲分离的准备。卡利尔，我们的幸事就是知道在黑暗之上是一片光明和美好。要想到达那里，必须穿越连片的昏黑之地，也就是说苦难、悲伤、丧事，上天为了考验我们的信念，让我们去承受的所有痛苦。卡利尔，你觉得主很残忍吗？"

"……"

"真主无限宽厚，他像圣人圣贤一样爱我们。为了坚定我们的意志，他设计了艰难的处境，通过我们的耐力来考察我们，评判我们。生命就是一次测试，仅此而已。通过测试获准进入真主的绿色草场的人是幸运儿。"

我已经身在他方，一个任何药膏都无法减缓疼痛的地方。

"我推迟了你去马拉喀什的时间，我不能把处于这种状态的你派出去。看看你自己，你连头都抬不起来。那边，一切准备就绪，扎卡利亚就等着你过去。你需要取消一切吗？"

"为什么取消？"

"你是这次行动的主心骨，卡利尔。要是你觉得自己……"

"如果我觉得自己什么？我的任务是一回事，打击我的痛苦是另一回事。"

"委员会不想冒风险。"

"在巴黎的时候，我让你冒了一丁点风险了吗？"

"你今天和那时候的状态完全不一样。"

"你真的这么认为？你觉得我变了？"

"我只相信我看到的，卡利尔，而你看上去并没有准备好去执行任务。你有退出的自由，我向你保证，你的决定会得到尊重。如果你不想去马拉喀什，你有这个权利。行动只会暂时推迟，当然，我们的准备工作会被打乱，不过推迟行动总比搞砸了好。"

"你错了，埃米尔。以前，我有一个去死的理由。现在，我有两个。"

"你确定？"

"确定，同样确定的是这世上再也没有什么可以挽留我。"

说罢，我们分开了。利耶给我的拥抱比平时更长，却没有平时那么有力。这个拥抱不仅没能让我振奋起来，反而让我更加痛苦。冥冥之中有个声音告诉我，利耶第一时间就知道我姐在恐袭中遇难了，但隐瞒了我，还把我去马拉喀什的时间提前了，以免让我有所觉察。

第二天，还有之后的三天，每天醒来，我就打车去扎哈的墓地。我在她身边待上几个小时，在凄风冷雨中静思、祷告。

一天下午，乌云密布，天空低沉。一缕阳光突然穿破云层，这时，我听到身后的石子路上响起脚步声。是拉扬，他穿着深灰色大衣，手上拿着一支白玫瑰。在这个并不能真正获得安息的墓地，他的出现带给了我一些安慰。

"她是我十二岁时的至爱。"他说。

他蹲下来，用手指摩挲着犹如赭色伤口的墓台，姐姐就长眠于墓台下。他把花放在上面。我等着他抬眼看我，他却紧盯地面，陷入回忆。

"有一天晚上，你妈妈让她去买面包。我当时也在面包店，外面下着大雨。我带了伞，提议送她回家，走到楼梯间的时候，我把她挤到墙上，亲了她的嘴。她给了我一巴掌，然后跑开了。从此以后，我再也不敢看她的眼睛。"

"她跟我说过。"

"不会吧？"

"我们之间没有秘密……她要我打爆你的头。"

"而你没有这么做。"

"德里斯不同意，他怕你以后不让我们玩你的游戏机。"

拉扬挤出一丝苦笑。

我对他说："我还以为你再也不想看到我了。"

"有时候，我们会信一些让自己都感到惊讶的事，卡

183

利尔。"

"是什么让你改变了想法？"

"无罪推定。"

"所以，你还有疑问。"

"这里不是辩论的好地方。"

"这地方对谁都不好，拉扬。不过辩论可以在任何地方进行。"

"我来这里，是为了陪在你身边。我想过你会赶我走，但你没有这样做，这说明你不是坏人。"

"你怎么知道的？"

"我相信直觉。"

"我宁愿你相信理智。"

拉扬抿紧嘴唇：

"卡利尔，我对你遭受的打击深感痛心。"

"这就是命。"

"我想安慰你，可在墓碑前，什么话都没有意义。"

"可能就是因为这个原因，在墓地里要保持肃静。"

拉扬站起来，朝我张开双臂，我倒向他的怀抱。

"会好起来的。"他对着我的脖子，轻声地说。

他强忍着眼泪，可他说话时颤抖的声音让他的努力白费了。

我们在逝者之间穿行。一家人在亲属的墓前祈祷，女人都戴着白纱，男人个个看上去都很消沉。

拉扬挽着我。

"最近两个星期，我都在康布雷，今天上午才回来。回来之前，我妈妈什么都不愿意对我说。早知道的话，我会赶来参加葬礼。"

"我也没有参加葬礼。我姐出事四天后，我才知道消息。一个邻居在大街上告诉我的，家里没有人试着跟我联系。所有人都知道这件事，除了我。"

他点点头，表示同情。

"我和扎哈最后一次见面，分开的时候，她在生我的气。"

"卡利尔，没人能预见事情会怎样结束，否则，我们会特别小心，不去惹恼那些对我们很重要的人。"

"为什么姐姐和我要以这样的方式分开？我们从来没有吵过架。这太难接受了，太难了，我恨死自己了。"

他用双手扶住我的肩膀，和德里斯想让我们俩服从他的意见时的动作完全一样。

"我们去别的地方聊聊？我知道附近有一家还不错的餐馆，厨师的手艺特别好。"

没等我回答，他就把我推向停在路尽头的车里。我一坐到车里，四天四夜挡住我眼泪的堤岸就崩溃了，我号啕大哭。

拉扬单手搂住我的肩膀。

"来，哭出来。大哭一场，你会好受一些。"

他一直对我说着话，后来声音渐渐变弱，抽搐使我全身震颤不已，天地之间，我只能听到自己的呻吟。

"……卡利尔，现在振作起来，我们先去转转好吗？你愿意的话，我们可以去别的城市待一两个小时。嗯？卡利尔？然后，我们再去吃饭，等头脑冷静下来再把所有这些都聊聊。"

"恐袭那天上午，我做了一个特可怕的梦，然后一整天都坐在马桶上拉稀，肚子里是姐姐最后的苦难。"

"这很正常，你们是双胞胎。"

"是啊，可是我没把这些联系起来。当我清空肠胃的时候，姐姐流干了身体里的血，我却一无所知。我以为自己得了肠胃炎。你知道吗，拉扬？肠胃炎！这世上我最亲爱的人就快要死了，她的痛苦传到了我的五脏六腑，我却没有顿悟过来……你不知道我有多懊悔自己没明白过来。我的孪生姐姐快要死了，可我，我在做什么？我在泡洋甘菊茶，洋甘菊茶，洋甘菊茶……"我哭喊着，拳头不停地砸向仪表板。

"卡利尔，别这样……怪自己也没有用。"

鼻子还淌着清涕，喉咙也喊破了，我倒在椅背上，手臂发麻，肚子又开始感到阵痛。

"拉扬，我求你快点带我离开这倒霉的墓地。"

餐厅在公园南侧，夹在一间关了门的五金店和家用电器商店之间，小得如同一块手绢，里面有一张小小的收银台和几张餐桌，只能接待十来个客人，三个坐在门边的客人快要吃完午餐了。服务员提议我们坐餐厅里面的桌子，拉扬希望靠窗坐。

"这里有摩洛哥鳎鱼。我推荐你吃这个。"

我表示同意。

"你要是想吃别的，这里有菜单。"

"我不饿，真的。"

"我饿。我是直接开到墓地这儿的，希望能碰到你。"

"要是没碰到我呢？"

"我现在不用考虑这个问题。你在这儿，我也在这儿，我们又聚在一起了。我很想你，你知道吗？"

"现在你有玛丽了。"

"友情也很重要。"

我们把该说的几句话都说完了。头脑冷静下来，想把所有的事都聊聊，可是聊什么呢？拉扬有点尴尬。我猜他正在寻找一个合适的话题，缓解气氛，我并不打算帮他。沉默对我来说正合心意。拉扬在这里，对我来说这就足够了。他刚刚赢了我一分，换作我，我是不会去他母亲的墓前悼念的，我肯定没有那样的勇气。

服务员给我们端来了摩洛哥鳎鱼。

我们静静地吃着。

拉扬又点了两杯咖啡。

"你还在土耳其人那里工作吗？"

"对。"

"工作还好吗？"

"我没什么可抱怨的。"

"他有点吝啬，不过算是本分人。"

我耸耸肩。

服务员给我们端来咖啡。

"你呢，你怎么样？"

"我得到了一个小小的提拔。"

"祝贺你。"

"不是什么高级职位，不过我妈还挺开心的。"

"这不就是人生赢家嘛！"

他看着杯子上的花纹，嘴角浮出一丝温柔的浅笑。

"你还记得你和德里斯为了让我变成真正的男人，带我去路易斯女士的店里吗？"

"为了庆祝你的十七岁生日。"

"我差点儿就泄到裤子里了。"

"可是你表现得挺好的。"

"那是假的，我骗了你们。路易斯女士想尽办法让我放松，但还是没有办法刺激我的神经。我就瘫在她的床上，软得像一节细绳。最后，她让我赶紧决定是走是留。

我求她不要对任何人说，她同意了，条件是我付她双倍的钱，为了没有成功的服务和让她保守秘密。"

"你付钱了？"

"她把我手上的钞票都抢走了。"

他用手指转动咖啡杯，皱着眉头，屏住呼吸，就像闭气准备潜水，然后长舒了一口气：

"这就是过去的好时光，对吗？为什么美好的事情从来都不能长久呢？"

他再次屏住呼吸，像是丹田运气，想用力说出他拼死阻止自己说出来的话。

这口气终于憋不住了。

他用不太确定的声音打探："你跟那些人，结束了吗？"

他就像等待判决的被告，小心地观察我的反应。

"我跟你说我在巴黎不想杀害任何人的时候，其实你并不相信我？"

"要是那样的话，我就不会去巴黎陪着你。我承认，我没有马上就相信你，不过我最后还是相信了你。"

他转头去看街景。他不该害怕看我的反应，不过我的反应让他鼓起勇气问完那些让他难以消化的事情。

"这些假模假式的伊玛目是怎么说服年轻人放弃自己的梦想、快乐和自己的老婆孩子的？我觉得光凭说教是不够的。我们在监控录像里看到那些自杀式袭击者在引爆炸弹前的那几秒钟并不像吸了毒的样子，也没有表现出担忧。相反，他们看上去视死如归。他们从哪儿获得这种毫不动摇的保证的？他们看到什么特别的东西了吗？他们的导师让他们看到圣人显灵、天使出现还是天堂之门了吗？要不然，怎么解释他们自爆时的泰然自若呢？"

我没有回答。

"我只是想搞明白，卡利尔。"

"没什么好解释的。你叫人来结账吧，我该回去了。"

"你生我气了。"

"没有。"

拉扬向服务员做手势，让她来结账。

他还没结完账，我就走到街上了。

零星小雨在人行道上留下了点点印记。

我拉紧自己的外套，双手夹在胳肢窝里。一辆大巴车的喇叭响了，召唤一群中国游客上车。拉扬追上我。

"我去表扬了一下厨师，他真是个魔术师。我打算请玛丽来这家餐厅，她很喜欢柏柏尔菜。"

我们走到拉扬停车的那个小停车场。

"我送你一段吧？"

"不用了，我想走路。"

"要下雨了。"

"没关系，我想活动活动腿脚，放松一下精神。"

"我们过几天再见？"

"为什么不呢？"

"那我们去看看路易斯女士现在怎么样了？"

"你竟然这样对你的未婚妻？"

"也不是非得这样。那我去酒吧等你吧，像以前那样。"

"我很久以前就戒掉这些了。"

"好遗憾。你应该偶尔，重新体验一下人生的乐趣。"

他抱住我，在我的头发里乱揉一通，就像大哥揉最小的弟弟的头发。

"傻小子。你是我们三个里面最叛逆的，就像保险箱一样水火不侵，我们都羡慕你的独立。你可以从一张床跳到另一张床，稍微熟悉了一点，你就准备摔门走人，因为你特别看重自由。你怎么会上那些江湖骗子的当？"

"这种事在所难免。"

拉扬不会明白，他不需要这些东西，他母亲补偿了一切，照看他走的每一步，小心呵护他的每一个梦想，总是守在他身边，而且目光长远，看着他蹒跚学步，取得文凭，在社会上打拼，配了司机和秘书。为了让他当上工程师，成为佼佼者，她从不吝啬。她也一定会看到他当上老板的那一天。

我的人生却不是这样的。

　　为了让自己开心，我去拽魔鬼的尾巴，然后放肆大笑。我不怨恨任何人。命都是天注定的，有的人命好，有的人命歹；有的人一帆风顺，有的人就像跛脚鸭。当然，一开始，我也想搞明白为什么幸运女神不眷顾我。我问过自己一堆问题，只是答案都没找到。时间久了，我也不再费心，懒得分辨什么是命运，什么是人生路上的偶然事件。天是红的还是蓝的，对于一个摸索前进的人来说又有什么分别？像所有人一样，我过一天算一天，期待明天能更好。可什么都没有出现。受的折磨多了，我便不再期待奇迹出现，也不再相信奇迹。我决定得过且过，接受命运对我的零星施舍……

　　然而，砰的一声！发生了一些事情。一场过激的争吵，一次对种族主义的思考，遭遇不公平时无能为力的感觉，你不知道这些事为什么会降临到你头上，也不知道事情的起因。没有人知道反社会的种子从何时、以何种方式在你心中发芽。你耐着性子承受痛苦，你在等待，变得极度敏感，脾气暴躁。你以为打架能驱散这些困扰你的心魔，可是这堆东西挥之不去，成了你身体里的器官，渗透神经的毒素，然后一些看上去平淡无奇的句子占据了你的潜意识。你和几位好友坐在放映厅的最后几排，吃着爆米花，看着战争片，突然，你听到："这些可怜的小兵为谁而死？为那些跨国企业？那些跨国企业为他们做了什么？默哀一分钟，一枚奖章，一座让鸽子在上面拉屎的纪念碑？"这些话，你并不在意，耸耸肩，继续伸手去掏爆米花吃。然而这些话像是从你后脑勺进去的，你根本没想到一些沉睡的、危险的元素进入了你的身体，就像你无意之间从这儿或者那儿听到的那些信息。直到有一天，看关于伊斯兰"圣战"的报道时，你听到："雇佣兵为金主卖命，战士为那些对他们自己毫无用处的利益献身，黑帮为了蝇头小利厮杀……而沙希德①，他们永远不会死，他们徜徉在真主的花园里，被仙女和耀眼的彩虹围绕。"一开始，你把这些话当成耳旁风，觉得听这些无稽之谈还不如做别的更有意义的事。

　　然后某天晚上，一个邻居，一个谈不上认识的人跟你吹嘘这附近的伊玛目讲道讲得好，为了不得罪他，你听他把话说完，反正你对这种好话向来也不在意。可每次在路上碰到这位兄弟，他都要跟你说一遍，他时常会在你下车的轻轨站等你，最后说服你跟他去伊玛目讲道的那个死胡同。其实，他并没有说服你，你跟他走只是为了让他不要再骚扰你。这就是发生在我身上的情况。利耶不停地跟我说："卡利尔，你应该听听这个。德里斯，跟他说，告诉他他都错过了什么。"德里斯接着说："利耶说得对，你绝对应该去参加伊玛目跟我们的见面会，这会改变你的人生。""去吧，走，卡利尔。这又不要你付出什么，也不

---

① chahid，阿拉伯语词汇，意为"烈士"。

会太久，你会失去什么吗？你的工作？你又没有工作。你的时间？时间，你有的是。给我个面子。"

好奇心是一切尝试的起源，而尝试总是潜藏危机。不过，听一个伊玛目说话能有什么危险？总比听自己说话强吧？于是你去了，无聊地坐在一堆信徒中间，听到的东西从一只耳朵进，从另一只耳朵出。你旁边的人用手肘撞了一下你，提醒你端正态度，专心听讲。慢慢地，以前你在不经意间积累的东西醒来了，变成了敏锐的神经。而伊玛目，他对以前困扰你的所有问题都有答案，但他不会让你有大彻大悟的迹象，而会让你重新想起沮丧的事，你自以为不再纠结懊恼的事，还有那些没有愈合的伤口。于是可怜虫成了你的化身，反抗者成了你的孪生兄弟，讲道成了你的发泄口，暴力成了你的合法权利。见鬼去吧，种族主义者！去死吧，仇视伊斯兰教的人！别人打了你一耳光，你再也不会把另一边脸送上去。

等你明白发生在你身上的一切，你已经成了另一个人，一个全新的人，一个你甚至不会产生怀疑的人。你受到尊重，被别人倾听、爱戴；你找到了真正的家、一些计划和一个理想。你成了兄弟，你在人群中昂首阔步，宛如权贵。那个贴着墙走路的边缘公民被埋葬了，你成了天下第一，你后悔花了这么长时间才找到组织……后来，有一天，那是受到祝福的日子，你得到了优待中的优待，特权中的特权——敬爱的谢赫邀你去他家作客，在他家的屋檐下。他对你照顾有加，请你坐在老家的手工艺人制作的软凳上，靠着绣满花纹的软靠垫，踩着散发清香的地毯。他为你奉上茶和饼干，这些美味都是指甲以花汁染红的仙女刚刚做好的。等你小口喝茶喝到不再口渴的时候，谢赫看着你的眼睛，令人敬畏的双手按在你的肩头，声音极具穿透力，就像治愈心灵的药膏。他问你："卡利尔兄弟，对你来说什么是真理？"你立刻作答，因为这是最清楚不过的事实："我亲爱的伊玛目，是全能的真主。"让你十分意外的是，谢赫摇头否定，然后起誓告知："不，卡利尔兄弟，这世上的真理是你。因为你将在末日被问到一个问题——你如何答谢把你变成充满爱和阳光的造物主？"于是，你心目中万事万物及其复杂联系的意义，你在学校学到的虚伪价值观，对善与恶、对错与悔的认识，荣誉、道德、责任、忠诚和纯洁的功能，也就是说你自以为了解、懂得而且经历过的所有东西突然在你四周坍塌，就像层层叠叠的灰烬，眼前只剩下一个真理——你自己。也就是说，你要么成为真主的战士，要么成为撒旦的帮凶。

到达这种漂浮状态，就没有了退路。拔掉一根螺丝，整个结构就会倒塌。谁愿意看到自己搭建的陵墓崩溃解体？

15

我们在停车场告别了。

车开进主路前，拉扬最后一次对我挥手致意。

以后再也见不到他让我有点伤感。

我一直走，走到双腿失去知觉。蒙蒙细雨淋湿了城市，行人不得不撑起伞来。餐馆家家爆满，抽烟的客人站在店外，一边紧张地吸着烟，一边透过玻璃窗看球赛转播的画面。一些家长在音乐学校门前等孩子放学，我前面有位母亲快步跟着女儿。小女孩和她背的小提琴差不多高，辫子上绑着丝带，在人行道上蹦蹦跳跳，就像在玩跳房子的游戏："今天上午，在学校里，老师说，当我们说'几个女孩和一个男孩时'，要用'他们'，而不是'她们'——这是语法要求的，孩子——可我觉得，这不公平。"

　　这不公平……本来应该守护我的天使突然在我背后插了一刀。我做错了什么，竟要受到这种惩罚？孤独无助地走在大街上，没有人在意我，这难道不像是被爆炸的无穷小的震波鞭挞吗？这不公平……还要新添什么伤悲才能让我鼓起勇气去死？我去了巴黎，心情轻松得像天上的飞鸟。按下炸弹开关前，我一刻都不曾犹豫。我怕过吗？从来没有。那我为什么要再次承受苦难？我既看不到它的用处，也看不到它能带来的机遇。这不公平……我以为我的无畏献身可以为我免除一些考验；我以为我是幸运儿，因为我自愿接受为他人利益献身；我以为我可以轻松走在炙热的炭火上，就像脚踩着彩虹般的丝绒拱顶，然而我现在正在雨中跋行，脚趾挤在鞋里……这不公平，不公平，命运不该这样嘲讽我。

　　一个影子在我旁边走着。我认出那是在小尿童雕像附近搞自杀式恐怖袭击的人，他拖着受苦之人的锁链，低着头，眼中一片漆黑。

　　自从父亲跟我断绝关系，我就不停地想到他。

　　执行小尿童雕像恐怖袭击任务的敢死队队员就像我的痛处。

　　我突然发现自己站在展示各种刀具的橱窗前，各种功能的刀应有尽有。瑞士军刀、猎刀、双刃刀、雪茄切头器、匕首、锯齿匕首、弯柄小刀、牛排餐刀，有着锐利刀锋的珠宝首饰，玫瑰色木柄的、象牙柄的、犀牛角柄的……在柜台后面站着的年轻姑娘一直看着我，突然，她觉得不太自在，因为店里只剩她一个人。

哈迪不在家，他忘了把客厅的窗户关上，公寓冷得如同冷冻箱。我打开暖气。外面的空地上，流浪汉在争吵，他们向来如此。我看着他们比画着手势，互相推搡，渐渐走远，然后又开始新一轮争吵。遛狗的女人正好经过，看着他们。淤青色的天空中没有流星划过让我许愿，也没有任何迹象让我觉得应该接受现实。

我关上百叶窗，不看对我毫无意义的景象。

我躺在床上，听到身体里脉搏奔涌的声音。

吊灯的强光让我的眼睛很难受。

我关了灯。

黑暗让我平静了一些。我想到德里斯和拉扬，我们在莫伦比克的岁月，我们的四百击和四百次铲球。从何时起，兄弟们调换了我的人生坐标？那些人生坐标，我真的拥有过吗？我不这么认为。我只是出现在他们的路上，像一件遗失物品，他们把我捡起来留在身边，因为没人要我。以前的我是个什么东西？被风吹起四处飘荡的一张纸。他们保证会在这张白纸上写下史诗，在这部史诗里，我是英雄。跟他们在一起的时候，我很幸福吗？当然，我幸福，我骄傲；我受到了关注，有了态度，有了理想。以前我整天在乱七八糟的地方瞎混，回家的时候，一手在前一手在后，贴着墙走，父亲对此十分气恼。寄生虫，对，我以前就是寄生虫，恬不知耻依靠吝啬的父亲和卑微的母亲生活。

我已经意识到自己毫无价值，却对此毫不在意。

流浪狗都比我有抱负。

现在怎么办？

再过几天，我就要飞去马拉喀什。

以前听人说起"最大的孤独"时，我没想到这和空虚一样无穷无尽。现在，我孤身一人，孤单无助地面对我的责任，就像天空中的一粒尘埃，地心引力和失重对我都不起作用。面对自己的良心，我感到无能为力，就像面对一面黑镜。这就是最大的孤独吗？必须做出重大选择却又不知如何下手？2015年11月13日那个周五，在巴黎，我的状态不是这样的。那一天，我已经身处另一个世界。

这天晚上，疑惑不请自来，看来我准备吃自己的肉[①]了……

"回到现实中来，卡利尔。"

哈迪已经在我的房间，我却没有听到他进来的声音。

[①] 在第九章里，利耶曾提醒卡利尔："要是让疑问在信念中生根发芽，恶魔很快就会出现在你身边，然后你会突然发现自己正在吃自己的肉。"

最近几天，我对身边的人和事几乎毫无知觉。我在人群中、在街道上辟出一条路，就像走在一条没有回声的隧道里。而我不过是橱窗上虚无的倒影，是正在夜游的梦游症患者，或是在深渊里探寻的探险爱好者。昨天，我不知不觉地上了一辆出租车。

"我跟你说话都说了两分钟了。"

"对不起，我在想事情。"

他给自己拉来一把椅子，跨坐在上面，双臂交叉倚在椅背上。他盯着我的样子让我很不舒服，我觉得他亵渎了我的隐私。

"你在想什么？"

"小尿童恐袭案里的敢死队队员。"

他的眉头抬起一半，很好奇的样子。

"这个故事里有什么让你记挂的，卡利尔？"

"我觉得这更像是自杀而不是武力事件，你不觉得吗？"

"我不觉得。"

"他的行为很不正常。光天化日之下在大街上攻击全副武装的警察，就凭一把小折刀和一件假模假式的炸弹背心……我想了一早上，想搞明白这个可怜的家伙的举动，我从中看到更多的是绝望而不是信仰。我在想，比起杀人，他是不是更想被杀。"

哈迪猛地站起来，把椅子推到一边，好让我和他之间没有任何障碍物。愤怒的表情使他的嘴唇翘起，咧着，变了形。

他的双颌在颤抖，说："你的话很刺耳。"

"我只是在思考问题，仅此而已。"

"你的说法很有问题。首先，我们不能把烈士称为'可怜的家伙'，你比谁都清楚他行动的意义。你姐姐意外死亡让你失去了理智？要是你在巴黎的行动成功了，你本来可以让几千个家庭承受她现在带给你的痛苦。你会后悔吗？当然不会。所有战争都有附带损害，不要让忧伤污染了你的灵魂。要是这个世界能变得更好、更公正、更健康，我们的痛苦就无足轻重了。我们是为了信仰去驱魔，你忘了吗？你无法想象我之前是多么迷茫，我找不到词来形容我的生活，任何词都会被我的生活污染。现在再看看昨日迷途之人，他已经变成了拯救者。奇迹出现了，我们从此成了诞生奇迹的工具。"

"所以我们再也不能思考问题？"

"那要看是什么问题。"

他生气地离开了我的房间。

我听到他出门，在楼道里咒骂。

我也站起身来，走到窗边。街对面的人行道上，一个人也没有。

我再次想到了小尿童恐袭案里的"敢死队队员"。他到底想传递什么讯息？是不是想救赎自己的灵魂，同时保全别人的性命？我试着站在他的角度破译他的真实动机，奇怪的是，扮演他的时候，我觉得更自在。

我去巴黎是为了证明什么？现在我去马拉喀什，又是为了更正什么？如果先知没能让我们变得更加聪慧，这证明沮丧是人类的本性，我们当中最优秀的人才会努力去克服它。愤怒是提前逃跑，是粗暴否认我们缺乏全盘考虑的能力，是常识可耻的失败。所有失控都会毒化理性，加速我们的沉沦。战争不过是白费力气，下地狱的人一脸慷慨激昂，其实他们是自己的悲剧的同谋。我的悲剧曾经达到所有愤怒和否认交织的状态，混杂了一切确信和幻灭，它发展到了哪一步？要去破坏别人的梦想，因为我对自己的梦想已经厌倦？

我已经到了某种极限，筋疲力尽，凄惨可怜却又尖酸刻薄，再也没有力气对自己或者对别人要求任何东西，我的朋友圈已经没有人了，任何钟声都无法让我内心安定。我最亲爱的两个人都不在了，德里斯的死给我留下一个旋涡，扎哈的死让这个旋涡愈发黑暗。

有时，伟大的事业是虔诚祷告所致，事业诞生于希望的微光，受压迫者的呻吟让它延续，争取美好明天的誓言使其根基稳固。然而自相矛盾的是，当事业需要稳住追随者时，它会因为偏激而犯错，信口承诺，甚至宣称自我鞭挞可以让人陶醉。起初受到祝福的变成了受诅咒的；受人称颂的降为公开否定。昨日的誓言成了催促我们的警告，追求永福的人惊讶地发现自己正在背道而驰，在搞破坏。面对这些，我该如何站位？在这场灾祸中，我看不到自己；在将我火化的火焰中，在狂热分子发出的耀眼光芒中也看不到。我到底是罪犯还是受害者？是共犯还是棋子？不管是哪种身份，我都更应该被可怜而不是被惩罚。即使有犯人万幸，在服刑后获准赎罪，他也不会得到认可，因为到死之前，他只会给自己招来鄙夷的目光。

明天，我要去警察局附近转悠，引起关注，然后在警察局对面的人行道上站着，一动不动，直到片警发现我形迹可疑。当他开始向我提问时，我要敞开外套，让他看到我皮带下的刀。当他准备掏枪时，我要挥舞着刀，大喊"真主伟大"，向他扑去，逼他朝我开枪。我希望我在倒地之前已经中弹。媒体如何解读我的行为，利耶和他的同伙怎么看我，都不重要。总之，我不再需要承受一些人的鄙视和另一些人的诅咒。反正，当一个人不知道该怎么活了，他对物是人非的生活也没有什么可抱怨的。

突然，我想听一听和脑海里呜呜的惨叫声不同的声音，我的手指颤抖地按着手机上的键盘，等了又等。一听到我的声音，耶扎就挂断电话。我又拨过去，拨了五次，下定决心拨通电话，哪怕要这样试一晚上。

"你还想要什么？"她终于接起电话，冲我大吼。

"我们得谈谈。"

　　"我们没什么可谈的。"

　　"我有，我有些事情要告诉你。"

　　"我什么都不想听。"

　　"你知道自己说的是假话。要不然，你早就拔了电话线。"

　　沉默了片刻，她开始哀号。

　　"为什么是她不是我？为什么真主要把她召唤去，她这么年轻，这么漂亮，为什么不召唤我这个看破一切的老姑娘？我一心祈求结束这生不如死的生活。"

　　"这是命，耶扎。"

　　"我鄙视命运。我们到底是什么东西？幸运游戏里的数字吗？我们到世上来是为了什么？让我们心爱的人受苦受难？我恨生活，恨它代表的一切，恨它隐藏的一切。我恨整个世界。"

　　"世界跟这完全没关系。就是这样，也只能这样。"

　　我听到她在吸气。

　　"你想让我做什么？"

　　"我没有杀任何人。"

　　"这是你的问题，我不在乎。你的手浸泡在公主殿下的奶水中，拿出来的时候却沾满鲜血。我恨你，我用尽全身的力气恨你，你根本不知道我有多恨你。我本来应该把该死的炸弹背心送到警察局。是，我当时应该立刻把它送到警察局。我恨自己没这么做，你应该在逃亡的路上，监狱不是给你这种疯子准备的。”

“我想让你告诉妈妈我爱她。”

“你自己跟她说去吧。而且，我怀疑你还有没有良心。你和那些跟你称兄道弟的疯子一样，都是怪物。”

“跟她说我很遗憾……”

她挂断了电话。

“你在跟谁说话？”

哈迪站在衣帽杆附近，双手叉腰，好像会穿墙术。

“你不能跟任何人说话。”

“我招谁惹谁了？”

“招惹我了，懂吗？上头的命令清清楚楚。这部手机，你只能用来接电话。你在上面只有两个联系人，利耶和我，没有其他人。你是想把我们的计划搞砸还是怎么的？”

他俯身看我。

“你的眼睛红了，刚才哭了吗？”

“给我走开！”

他怒气冲冲地抓住我的手腕。

“你刚才说你遗憾什么？跟谁说的？要是你不想执行任务，你就放手。谁都不是不能取代的，外面的志愿者都挤破了头。”

“要是你不想把手废了，就别碰我，哈迪。”

“哇哦！你有点不对劲啊，伙计。”

"别抓着我的手臂，我告诉你。"

他把我推到墙上，动作里带着冰冷的敌意。

"我回来取钱。今天晚上，这倒霉房子里的味道很难闻。"

"是啊，那就赶紧滚！"

他狠狠瞪了我一眼，就像一把长剑把我穿透。他用袖口擦了擦鼻子，想再说点什么，又改变了主意，径直离开公寓，离开时不忘把门关得震天响。

利耶的手紧紧握着我的刀，双眉低垂，咬紧牙关，徒劳无功地用力压制体内的怒火。房间里安静无声，他呼吸起来像是哮喘病患者。

哈迪站在他右边，作为指控我的证人。

我们在布鲁塞尔以北三十多公里的一个农场。透过玻璃，我看到窗外薄雾笼罩下的田野。天空是铁灰色的，厚厚的云朵正准备向炊烟袅袅的乡村倾倒苦水。

"你让我很失望，卡利尔。我很难过，我们一起聊了那么久你遭遇的不幸。我提醒过你，不要让疑问影响了你的信念，只要你的思想上出现一丁点漏洞，恶魔都会加以利用，将你腐化……"

"利耶，这都说到哪儿去了？"

"可是，一切摆在眼前。"

"并没有摆在我的眼前。"

"你当时在给谁打电话？"哈迪突然问我。

"你这是什么问题？"

"你没有回答他的问题。"利耶提醒我。

"我的孪生姐姐死后，我大姐就不太正常。她两次自杀，我给她打电话是为了让她振作起来。"

"扎哈没有死，她现在和幸运的人一起生活在永生花园。你的家人应该为此感到高兴。"

"他当时哭了，"哈迪刨根究底，"不正常的人是他，他说他很遗憾……"

"你觉得我应该说我对此表示欢迎？要是你的话，你会怎么做？"

"完全按照命令行事，我们的埃米尔下了清晰无误的指令，你无权跟其他人通电话。"

这天上午，两个人在公寓楼门口截住我。他们搜了我的身，拿走了我的刀，其实他们早就知道我身上带着刀，然后把我推上了一辆车。他们并不粗鲁，只是像被洗了脑的士兵一样照章办事，我没有试着对抗他们。他们中的一个坐到方向盘前，另一个跟我坐在后座。我没有问他们要带我去哪儿，他们也没有义务告知我。再说，知道他们要开车带我去哪儿又有什么用？我吃了安眠药，头昏眼花，我不在乎等待我的是什么。

这两个人全程保持沉默，直视前方，仿佛远处有一个东西吸引他们。然而，目之所及全是雾蒙蒙的灰色，这片平原看上去忧心忡忡，没有一丝快乐，不见一缕阳光。

"卡利尔，有人强迫你吗？我提议你执行一个任务，你接受了。我问你这项任务是否适合你，你说适合。你非常清楚如果你觉得不行，你有权拒绝。我们的战士都是志愿者，卡利尔。他们可以自由地决定，对自己的决定负责。但是，一旦决定参与进来，他们就不应该退缩。"

"利耶，这和那通电话有什么关系？我们到底在说什么？"

"我在说你。"

他的喊声比步枪射击还刻不容缓。

为了能尽快地想出正确的应对方法，我努力使自己保持冷静。如果想摆脱现在的困局，同时不承受太多损失，我得找个借口。我坚定地看着哈迪，眼中饱含怒火又毫不妥协，然后转向埃米尔，指着我的室友，全身因为愤慨而颤抖不已：

"那个突尼斯人，他都跟你说了什么？他是从哪儿来的？不到三个月前，我们这群人都不认识他。现在他突然出现，告诉你我是什么样的人。利耶，我们这是怎么啦？一个突然闯进来的人就可以让我们这个团的人不认我了，而我跟你是在同一条街上长大的。"

"我们每天都会了解到新情况，"埃米尔说，"为了确定那些我们自以为了解的东西，这样做永远不过分。"

"这是审判吗，利耶？"

"还没到那一步。"

"那为什么我在这儿？"

"因为这个！"他咆哮着，手里晃着我的折叠刀。

"这就是你的证物？"

我的冷静应对让他在一秒之内无言以对，不过利耶有掌控局面的艺术，只有他深谙此道。他紧紧握着刀柄。

"你能告诉我你要拿它做什么吗？"

"你觉得呢？"

"在街上袭击一名士兵或者警察……他们会把你像狗一样宰了，你将这样白白送死。"

他把刀递给我：

"如果这就是你的计划，来吧，来捅我。"

"你为什么想让我捅你？"

"把我结束了呗，你刚才不就击碎了我的心吗？"

"利耶，刚刚是你让我心碎。我以为你看重我的人品，我什么都不用证明；我以为你像相信自己一样相信我，可是你却把我当成陌生的疑犯来拷问……"

"那为什么要带着这把刀？"

"我一直带着，不知道为什么今天它就成了问题。"

一阵令人压抑的沉默。

哈迪垂下双眼。

利耶盯着我的眼睛，我也没有躲避他的目光。这个时候，我绝不能回头，任何退却都会产生可怕的后果。利耶和我之间就像万花筒里发生的碰撞，千百个元素同时交错在一起。我从他坚定的目光里看到各种疑问在他脑子里飞快闪过，快到无法抓住其中任何一个。他的脸上没有透露出任何讯息。我希望他的脸上出现一丝缓和，希望有一个表情泄露他正在琢磨的事情，可是利耶就像一块花岗岩，始终毫无表情。

经过长得堪比永恒的时间，他的嘴唇微微颤抖了一下，带动了脸上其他部位，就像痉挛一样。

他突然用缓和的语气说："卡利尔，你把我的指令当什么了？我禁止你们随身携带武器，不管是匕首还是其他。你想想，根据人脸选择性安检正在全面推行，要是你被人搜身，你就会傻不愣登地被带到警察局去建个档，留下指纹。这就是你想要的吗？像一种有毒的植物样本被登记在册？"

我什么也没说，在我看来，对我的良心检查还没有结束。利耶是在给我下套。

他张开双臂，我纹丝不动。他等着我走向他，像小鸟一样躲在他的翅膀下面，我还是站在原地不动。他反复打量我，摇摇头，然后走向我，让我紧贴着他大狗熊一样宽厚的胸膛，他滚烫的呼吸在我脖颈边散开。

"我向你道歉，我的卡利尔兄弟。最近，我们都神经紧张。"

刚才，我并没有取得这场战役的胜利，利耶的后退只是精心掩饰的圈套。埃米尔让我得到了无罪推定，但这并不意味着他中止了怀疑。我太了解他了，所以不会轻信他的道歉。利耶不是那种轻易原谅或者听之任之的人，更不会帮忏悔者和受诬告的人洗脱罪责。他假装翻过这一页，其实立刻在新一页上抄录上一页的所有笔记。当他用瞄准器对准某个人，他会拔掉保险栓，手指弯曲停在扳机上，心里十分肯定会射出那发子弹。我不用变成巫师就能猜到我刚才的样子就像那种不可预测之人。在这个压制我胜过安慰我的拥抱之后，我必须检查两遍我的床才能高枕无忧。

哈迪从此在我眼前消失了，让我们俩同处一室或者共事已再无可能。

直到今天，我都在想，要是没派他来监视我，让他在我看不见的时候翻我的东西会怎么样？

16

飞机在马拉喀什机场着陆时，机舱里的学生开始鼓掌，声嘶力竭地喊叫。在我旁边坐着的胖子每次遇到气流颠簸就唱赞美词，现在他终于放松了，冲我笑，一个大大的溢满了感激之情的笑，好像他能够平安抵达是我的功劳。我扭头望向客舱，省得要回他一个微笑。一层赭红色的面纱包裹着这座城市。

人们在边防警察的柜台前排起长队。我静静地等着，不赶时间。到处都是在填表的游客，他们有点兴奋和焦躁。一位老妇人在翻自己的包，神色慌张，她摸到护照时，才长舒了一口气。

边防警察打量了我一番，在键盘上敲打了一会儿，花了好长时间确认一个我不知道是什么的东西，然后在我的护照上盖了章。他做手势让我往前走。

我只有一个运动包当作行李。当我走向出口时，一名海关人员请我打开背包，他有条不紊地翻查包里的东西，惊讶地发现里面没有什么油水可捞。

外面，季节性的湿热逼得我赶紧脱掉外套。一个年轻男子在停车场等我，他穿着一条膝盖破了洞的牛仔裤，一双巴黎圣日耳曼队的球鞋，先是看了一下手机屏幕，然后走向我。

"我叫纳吉姆。"

他对我行亲吻礼，把我的背包扔到后备厢，然后请我上车，坐到他旁边。

"旅途还顺利吗？"

"我在飞机上睡了觉。"

"我特别怕坐飞机。去欧洲的话，我宁可搭船。"

"我从来没坐过船。"

他发动了汽车，重重地拍了一下我的肩膀：

"兄弟，欢迎你来到自己人这边。一切都准备好了，我们就等你来。"

"我的照片是不是在你的手机里？"

"是啊。"

"删掉吧！"

"好的。"

"现在就删。"

他被我的坚持逗乐了，眉头舒展开来：

"你没有信心？"

"请你现在就删了。"

他漫不经心地照做了。

"你还有别的照片吗？"

"没有。"

"你怎么得到照片的？"

"有人通过WhatsApp从布鲁塞尔传给我的。是我找人要的。我总不能举着写了你名字的接机牌在机场里接你吧，那里面有摄像头。"

"停车场里就没有摄像头了？"

"但我可以不举接机牌了。"

他对答如流，像在打靶的射击手。

"卡利尔兄弟，"他用庄严的口吻说，"我知道你现在保持高度警惕，但请相信我，你是在跟一个久经考验的组织合作。一切尽在掌握之中。"

我点点头：

"我向你道歉，我有点狂躁，这是我的天性。"

"你再也没有必要这样了，卡利尔兄弟……现在，我们能出发了吗？"

"愿真主保佑我们！"

我们离开了机场。

当天是周五，聚礼日。

通向马拉喀什的路上只有几辆车。一辆公交车因为爆胎突然摇晃着驶向路肩。纳吉姆猛打方向盘躲避，然后校正方向，继续往前开，十分沉着。

　　我的目光一直四处游移。每次回老家，我都会心头一紧，脑海中浮现出的第一个形象就是我的曾祖父巴-谢里夫。以前我总是不敢靠近他，因为他似乎生活在另一个平行世界。这个百岁老人是一个幽灵般的存在，整天待在自己的房间里，在地上打坐，摊开的经书放在迷你书架上。晚上，暑热散去后，他才走出房间，到角豆树下乘凉，一把柳条椅已经摆好等着他。他坐在上面，就像坐在自己的国王宝座上，然后凝视远方，直到夜幕降临。当他保持这种与世隔绝的状态时，任何人都不应该打扰他。大家都觉得巴-谢里夫和逝者心意相通，和他交流是一种亵渎。他穿着一身熨烫了千次的长袍，头上包着没有一丝褶皱的头巾，拄着权杖似的拐杖。他总是沉默不语，需要说什么，坐在那里就够了。

　　我会花几个小时远远地看着他，因为他既让我害怕又让我着迷。事实上，也没什么可让我看的。巴-谢里夫和椅子已经融为一体，他只在赶飞虫时挥动手臂。他的双眼清澈闪亮，所有人都会毕恭毕敬地看他的眼睛；他的那圈白胡子，我一直很想用我的小手去摸一摸，就像抚摸小鸡的绒毛一样；他的双手呈玫瑰色，没有任何瑕疵，放在膝头，像两份祭品。他就像被神明遗留在那里引发我们思考的圣像，又像一本摊开的书，一个人就代表了整个里夫山区的历史。他额前的每道皱纹都诉说着一段传说。在经历了一切，得到了一切，付出了一切之后，他安然等待自己的大限，带着大业已成的满足感。他不怎么说话，也不怎么动，这是为了让自己相信，自己已经不在人间。他在角豆树下冥想，仿佛时间已经停止，他受自己祷告的荫庇，没有人敢去搅扰他的修行。在我吹灭七岁生日蜡烛那天，他去世了，在柳条椅上一动不动，脸上带着恬静的微笑，手指紧抓着念珠……

一股烤箱的味道从我的童年里飘过来，追上了我。我看到自己穿着短裤，跑去阿米·卜拉辛家的烧饼店买烧饼，他家的店在一条死胡同的最深处。我的孪生姐姐和我赛跑，第一个到的人可以选最酥脆的烧饼。我狼吞虎咽吃着美味的烧饼，酥脆的烧饼在齿间碎裂，随即像黄油一般在舌尖融化。扎哈跑起来像羚羊一样，她飞跑几步，就把我甩在身后。我去田里抄近路也没用，还是赶不上她。她在店门口等着我，骄傲地交叉双臂于胸前，鼻子高高向上翘着，而我已经累弯了腰，喉咙干涩，鼻流清涕。我拒绝承认她的胜利。

"你作弊了？"

"我怎么作弊了？"

"你没有数到三。"

"你这个手下败将真是差劲，我领先你很多。"

看着我臊眉耷眼的样子，她心软了，知道这会伤害我这个小男孩的自尊心，于是让我先挑选烧饼……部族的农场离村庄有点远，可以俯视科布达纳山北坡的整片祖地。每天早上醒来，我喜欢隔着窗户欣赏一望无际的果园；晚上，我会花上几个小时盯梢，看有没有豺狗在我们家的鸡棚附近转悠。有时，我的孪生姐姐会裹着白床单，跑到我的房间里来吓唬我：

"呼呜，我是死神女巫，我是来报仇的。"

"别吓我，扎哈。"

"呼呜，颤抖吧，小狗崽，没有人会来救你。"

我知道是她，可还是怕得要命……

"你要是渴了的话，手套箱里有矿泉水。"

"没事，谢谢。"

一个男孩骑着驴上坡。在一栋用镀锌板和柴泥搭建的小屋旁边，一只狗赶着几只蹦蹦跳跳的羊……我们家的农场也养了羊和驮畜。我第一次骑驴子的时候，小驴一尥蹶子，害我摔了个跟头。我们家的羊倌吉祖，一个瘦弱得像只猴的小男孩，嘲笑了我一整个夏天："这不是自行车，这是头驴。"他轻蔑地告诉我。

当所有人伴着蝉声睡午觉的时候，我就和吉祖、表哥阿拉一起去丛林里抓毒蛇，吉祖知道毒蛇潜伏的地方。一天，一条特别恐怖的大黑蛇朝我们冲过来。阿拉往后跳的时候，腿被树根绊了一下，随即跌进了深沟。我和吉祖吓瘫了。这样摔下去，阿拉根本不可能毫发无伤地爬上来，我们甚至不敢上前看他摔得怎么样。当我们看到在五米深的地方，阿拉在岩石缝隙间直起身来，朝我们挥手，告诉我们他没事时，我们简直惊讶得说不出话来。这一天，我本应该明白奇迹并非先知的特权，这件事本应该启发我往好的方向发展，然而事情总是不止一面，而我也没有足够的阅历将它们全部摆正位置。

"你多久没回老家了？"

"我都记不起来了。"

"没关系，反正你也没错过什么大事。这里还是老样子，富人站一边，警察站一边，穷人夹在他们中间……"

话音未落，一群年轻人开着锃亮的保时捷准备超过我们的车，他们的车载音响音量调到最大。两个男孩在前面，一个矮小瘦弱的男子和两个神采飞扬的女孩坐在后面。司机朝我们比画了一个蔑视的手势，嘲笑我们的破车，然后踩油门加速超车。纳吉姆加速想去追那辆敞篷跑车，然而这样做只是徒增笑料。

我好想回头最后看一眼身后的世界。我没有回头……在我身后，只有遗憾。

拉扬接到他母亲的电话：

"你在哪儿？"

"在家。"

"打开电视，看新闻台。"

拉扬用遥控器打开电视。

电视上出现了一个正在吓唬小孩的耍蛇人，一名男子扮成舞女跳肚皮舞取悦观众，广场上挤满了人。拉扬认出那是马拉喀什的德吉码广场。他调大音量，记者正在解说，摩洛哥安全部门挫败了一起恐怖袭击："五名恐怖分子，其中两人是比利时人（拉扬差点仰面摔倒，他认出屏幕右侧的两张照片中有一张正是卡利尔，另一张上面是一个红棕色头发的男子），他们在凌晨四点被控制。他们准备于人流高峰时段在德吉码广场实施自杀式爆炸，制造尽可能多的伤亡，所幸有人匿名举报，这场屠杀得以避免。

炸弹背心、冲锋枪和自制手榴弹被查获。就在我向你们播报的同时，旧城的搜查工作仍在进行。"电视画面中出现了一栋摩洛哥传统房屋，记者说，这是五名恐怖分子被抓获的地方。特遣队队员身穿防弹背心，背着突击步枪，在三辆警车和两辆救护车中间穿梭忙碌。"反恐部队和自杀式袭击者交火时，两名'圣战'分子受伤。当地官方消息称，平民和军方没有人员伤亡。"一段路人拍摄的视频记录了行动接近尾声时的情况，一些人被捂着脸带上警车。

"你想得到吗？"拉扬的母亲在电话那头大喊。

拉扬并没有听她说话。

他任由自己倒在身后的椅子上，两手抱头。

几个星期后，拉扬从日内瓦出差回来，在邮箱里发现了一封信，上面贴着穆罕默德六世头像的邮票。他立刻拆开信封，里面有张椰林风景明信片，背面有三行用黑色马克笔写的字：

莫卡说得对，真正的义务是让人活着。我决定"等待春天"。

卡利尔

用粗体字写的"J-1"下面画了三道线，这引起拉扬

220

的好奇。他坐到电脑前，输入"马拉喀什恐袭"，屏幕上出现了一串长得没有尽头的媒体报道。拉扬打开第一个链接。就是这条，五名恐怖分子的照片占了半个页面。拉扬确定了摩洛哥安全部门是在3月23日挫败了针对德吉码广场的恐怖袭击。他拿起信封，马拉喀什的邮戳显示信是3月22日寄出的。

　　拉扬交叉十指，托着下巴，久久凝视电脑屏幕。

　　他对自己说："你本来可以不用经历这些。"

译后记

《卡利尔》脱稿后，我在北京见到了我第一本译作——《魔鬼医生的消失》的作者奥利维耶·盖。两场高质量的读者见面会，使我对小说有了更深层次的认识，读者与作家的互动也开阔了我的视野，启发我写下《卡利尔》的译后记。

"虚实难分是我的小说的成功之处。"这是奥利维耶·盖在回答读者提问时说的一句话。他还肯定了中国读者的一种观察——非虚构是法国文坛的潮流。《卡利尔》也是一部"虚实难分"的小说。为了确定作家是否参照了某个恐怖分子的生平，我阅读了大量法语资料，却仍然无法确定作家到底用了哪个有名有姓的罪犯的经历。现在想来，这种查证有点庸人自扰，甚至有点缺心眼，雅斯米纳·卡黛哈这般老练的作家怎么会轻率地选取材料？卡利尔这个虚构出来的人物肯定是多个犯罪分子的集合。不过在查证过程中，我也看清了小说中的非虚构部分，比如布鲁塞尔近郊的莫伦比克，震惊全球的巴黎恐袭案的几位主犯都是在那里长大的。又如恐袭当晚最早发生的一起袭击，在法兰西体育场外发生的自杀式炸弹袭击，在小说中，德里斯奉命在那儿完成"人弹"任务，和现实中一样，这几个"人弹"没有造成非常严重的人员伤亡，因为他们是在比赛开始后在球场外引爆炸弹背心的，他们炸死了自己和一名无辜平民，另外有十几人受伤。

对于这种非虚构创作的潮流，奥利维耶·盖自嘲说："可能我们法国作家灵感枯竭了。"随后他话锋一转，"纯虚构太难写了，除非作家有惊人的想象力，另外，读者也未必愿意为一个纯属虚构的故事花上几个小时甚至几十个小时。"雅斯米纳·卡黛哈成为职业作家前的身份是军人。他在祖国阿尔及利亚服役时，连续八年跟恐怖分子作战，不少战友甚至因此献出了生命，因此在2018年9月12日法国电视台的著名读书节目《伟大的书店》中，他非常明确地回答主持人弗朗索瓦·布斯内尔："不，我一点都不同情他们。"作为作家，他现在只能用笔去讨伐恐怖分子，然而口号式的讨伐就够了吗？这样的作品，读者愿意埋单吗？于是，他进行了一次大胆的尝试——以第一人称写一段恐怖分子的"回忆录"。他表示，这样一来，读者可以直接和他的主人公对话。作者像是钻进了恐怖分子的脑袋里，还原了他的成长经历和思想变化。作者显然具备惊人的想象力，那些精彩无比的"群戏"，那些有声有色甚至有气味的"素描"都很值得玩味。作者为此进行了充分的"田野调查",他深入法国和比利时的穆斯林社群,也接触了一些蛊惑人心的宗教分子,作家在《伟大的书店》的节目中坦承,这些人说话的套路很深,意志薄弱、缺乏文化坐标的小年轻很有可能就被他们洗脑,走上邪路。因此作家在节目中说,他没有把这部作品写得很暴力,因为他希望中学生也可以轻松地阅读这本书,这样他们的大脑就被武装起来了。作家也提醒天下的父母要成为孩子敬重、倚重的对象,否则他们就会去别处寻找家的感觉。

《卡利尔》2018年8月在法国文学回归季面世,很快就成为畅销书,头两个月的销量即达到3.5万册。媒体对这本小说的评价也非常高。"大胆""有力""震撼"是读者和书评人最常用的字眼。法国《人道报》书评人让·克洛德·勒布伦认为"作者为文学回归季奉献了一本划时代的小说"。法国《十字报》的书评人卢普·贝蒙·德·塞纳维尔表示作者为我们提供了"一些线索,去了解,而不是去辩解"。《自由比利时报》的书评人纪·迪普拉写道:"雅斯米纳·卡黛哈解析了自杀式恐怖袭击分子的内心,他的内心总是在脆弱的清醒和令人难以容忍的疯狂残酷之间摇摆不定。"

雅斯米纳·卡黛哈,原名穆罕默德·莫莱塞奥,1955年出生于阿尔及利亚的凯纳德萨,这座小城距离摩洛哥边境不远。他从1990年起用笔名创作,此前六部作品均以原

名出版。1997年出版的《将死之人》（*Morituri*）使他声名
鹊起，该书获得了1981年创立的"813侦探小说奖"。之
后他差不多以一年一本的速度进行创作，他的勤力和获奖
经历不断提升他的知名度和美誉度。《喀布尔之燕》获得
2003年阿尔及利亚书商奖，《哀伤的墙》获得2006年法国
书商奖，《今夕何夕》获得2008年法国电视台小说大奖，
同名电影于2012年上映。他的知名度也早已冲出法语圈，
截至2018年11月底，他有18本小说被译成英文。

在翻译过程中，我阅读了《哀伤的墙》和《巴格达警
报》的中译本。和十多年前相比，作者似乎变得"惜墨"
起来。各位读者朋友可以从三本小说中译本的厚度或者字
数上看出来。《卡利尔》只有九万字，我相信大多数读者
会一口气看完，因为节奏太快、悬念太大，而且没有可以
删减的内容。鉴于《哀伤的墙》已经被翻拍成电影《炸弹
枕边人》，我在翻译时也常常会把一次相遇想象成一场对
手戏，把一次即兴讨论想象成群戏。希望通过我的翻译，
读者在阅读时，脑海中也能浮现出这种影像。好的作家就
是有这种魔法，寥寥数语就能让人产生画面感，这也是阅
读的乐趣。

最后借此机会，我要感谢我的同事、阿拉伯语资深
翻译申旭。在翻译过程中，我对一些从阿拉伯语译成法语
的词、概念和经文产生了疑问，最后列了十几个问题发给
他。谁知他在确认收到后就不再联系我了。于是我只能见

他一次催一次，他几乎每次都会说："哎呀，你问的问题太难了，我得查资料去。"国庆节假期后，他用一份四页的文档回答了我的提问。这份解答也让我获得了译者在脱稿前必须有的"心理确定"。当然，由于翻译时间非常紧，只有三个月的时间，难免会出现疏漏，希望读者不吝赐教，将意见反馈给出版社或者在豆瓣上留言。

最后的最后，我想把巴黎市徽上的*Flictuat Nec Mergitur*送给读者朋友，这句拉丁语翻译成法语就是*Elle est agitée par les vagues, et ne sombre pas*，中文意思就是"浪击而不沉"。我衷心希望读到最后一页的您，无论顺流还是逆流，都不要灰心丧气，做一个坚强的舵手或者水手，划向心之彼岸。

邓颖平

2018年11月13日，北京石景山